시인(詩人) 예수님

김학성 시집

앨맨

현대인의 삶은 피곤하고 메마르기 쉽습니다. 하나님을 믿는 성도라고 예외일 수 없습니다.

현대사회는 모든 일이 스피드를 요구하고 도시 중심화 되어 있어 사람들은 지치게 되고 각박한 세상 앞에 절망하게 됩니다.

이렇게 지치고 피곤한 인생에게 잠시 쉬어가는 더운 날의 시원한 나무 그늘과 같은 여유를 주는 글을 만나는 것은 축복입니다.

김학성목사님의 시집은 도시인들의 메마른 감정에 촉촉히 내리는 단비와 같은 신선함을 줍니다.

제가 만난 김학성목사님은 유머감각이 풍부하신 분으로만 알았는데 이렇게 시심도 가득하여 좋은 시로 우리의 심신을 푸른 초장과 쉴만한 물가로 안내 하기에 넉넉합니다.

목회자로서 받는 스트레스가 많을 텐데 틈틈이 시를 써서 목회의 윤활유 같은 생활을 누리는 동시에 사명의 길을 감당하심이 귀하고 아름답습니다.

하나님을 향한 신앙의 고백이 담긴 믿음의 시와 사람이 세상에서 느끼는 아름다운 노래인 서정시와 미국 이민 생활의 애환을 담은 시로 구성된 김목사님의 시집이 많은 사람들에게 참된 위로와 평안과 쉼을 줄 수 있게 되기를 소망합니다.

주안 중앙교회
박웅순 목사

■ 저자 서문

흐르는 물에 몸을 맡긴 낙엽처럼...

사람이 살아가면서 겪는 수많은 일들은 어느 하나도 그냥 지나칠 수 없는 의미를 담고 있으며 또한 교훈을 주는 동시에 많은 것을 생각하게 만듭니다.
그것이 기쁜 감성을 지니던 슬픈 마음을 가지든, 무슨 느낌을 주든지 상관이 없습니다. 또 그 대상이 사람일 수도 있고 자연일 수도 있고 사건이어도 괜찮습니다. 다만 버릴 수가 없어서 펜을 들어 기록하여 두었던 것을 미루고 미루다가 책을 엮게 되었습니다.
말이 시집이지 영 어설프고 어줍기 그지없습니다. 시(時)라기 보다는 마음의 글을 모아 놓았다고 말하는 것이 편안하겠습니다.
지구상에서 숨을 쉬며 사는 사람은 누구나 시심(詩心)을 가지고 있습니다. 그것이 글로 표현되지 않았을 뿐입니다. 그리고 간혹 시심을 다른 좋지 않은 것들이 막고 있는 것이지요. 따라서 사람들은 누구나 시인입니다. 어떤 이들이 장르라는 선을 긋고 기교라는 틀을 만들고 등단이라는 울타리로 구분을 짓는 것이 아쉬울 뿐입니다.
삶은 아름답습니다. 인생의 희로애락의 어떤 부분도 버릴 수가 없습니다. 결코 길지도 않고 그렇다고 짧지도 않은 세월을 살면서 몸으로 마음으로 불렀던 사랑의 노래를 느낀대로 체험한대로 나름 주절 주절 엮어보았습니다.

인생을 살면서 특별한 경험도 했습니다. 그것은 자의 반 타의 반 낯설고 물설고 말설은 미국 땅에서 10년을 가까이 살았습니다. 그 때 조국을 그리워하며 부모형제와 사랑했던 사람들을 보고 싶어 눈물을 머금으며 읊었던 글을 함께 실었습니다.

마지막 부분에는 성도로 목사로 살면서 하나님을 사랑해서 부른 노래들이 있습니다. 믿음으로 어려움도 기쁨도 이겨내려고 노력했던 몸짓과 사역자로 성도들에게 무언가 주고 싶어서 주님을 향한 목마름을 가졌던 목회자의 신앙고백이 시로 나타났습니다. 언젠가 주님 앞에 서는 날 세상의 삶이 아름다웠다고 감사했다고 고백하게 되기를 소원합니다.

이 시를 읽는 분들에게 순간이라도 마음의 평안함과 영혼의 울림과 작은 미소와 행복이 있다면 그 이상이 없습니다. 예수 안에서 상큼한 시간들이 주어지기를 기도합니다.

끝으로 창조주 하나님께 영광을 돌리고 꿈에도 잊을 수 없는 강림교회 성도님과 강림교회를 거쳐 간 성도님께 감사드립니다. 그리고 부모님과 형제들, 사랑하는 아내 송문숙 사모, 아들 디모데, 며느리 한나, 딸 에스더, 사위 영철, 손주 이안, 에린, 이든에게 이 시집을 주고 싶습니다.

2012년 6월
강림교회 서재에서
김학성 목사

2 하나님을 사랑한 노래

1

삶을 사랑한 노래

새해 새마음

무망 곁에 세월을 먹던
어설픈 인생을 접어놓고
소망 속에 세월을 아끼리라
헤프게 나불거려진 삶을 내려놓고
알알이 영글어진 삶을 일구어야지

무르춤한 얼굴을 벗어버리고
해맑은 얼굴을 입으리라
허우룩한 마음일랑 씻어버리고
뭉클뭉클 솟아나는 감격의 심령으로 살아야지
옹송망송한 생각은 떨쳐버리고
기쁨이 새록새록 느끼도록 살리라

바람

모든 것을 가슴에 안고
하늘만 바라보는데
저 잘난 너는 세차기만 하구나
모든 것을 잊고 조용히 살려는데
고요를 못 마땅히 여기는
너의 흔듦이 너무 크구나

모든 것을 버리고 깊은 잠을 자려하건만
볼 부은 시샘은 모질게도 불어오는구나
마지막까지 꿈을 버리지 않고자
기도하는데 너는 멈출 줄을 모르는구나
이 밤이 가면 너를 붙들어 갈
그분이 오리라 불테면 불어 보라

바람이 좋아라

모양도 없이 찾아와서는
솔 솔 소리없이 옥수수 이삭을 키운다

형체도 없이 찾아와서는
시원스럽게 농부의 구슬 땀을 식힌다

그림자도 없이 찾아와서는
알알이 영그는 수수 이삭을 인사 시킨다

어디서 오는지 모르지만
마음까지 시원스레 불어오는 바람이 좋아라

안개

밤사이에 소리도 없이 아무도 모르게 찾아와서
대지를 감싸 안고 오랜 세월 살라고
온 세상을 어룬다

햇빛이 피어나면 떠나야 하는데
구석구석 사랑을 전하노라
자욱하다

젖은 가슴으로 이슬 되어 부딪치며
메마른 심령을 포근히 감싸 안고
고요하다

모남도 미움도 추함도 모두 모두 하나로 묶어
뜨겁게 사랑하면서 함께 살라고
오늘 아침도 속삭인다

물

너는 태고의 숨을 간직 하였구나
물과 물이 나뉘어 하늘이 열렸고
땅과 바다가 갈리었다

물은 살아 끝없이 흐르는구나
방울 방울 실개천 되고 휘돌아 강물되니
바다는 살아 숨을 쉰다

너 머무르는 곳에 생명이 살아 움직이는구나
대지를 안고 만물을 안고 사람마저 끌어안고
말없이 유유하다

물이 있는 곳에 넉넉함이 있구나
하나님 창조의 작품
물!
너의 고마움을 마신다

구름

방금 솟아오른 하얀 구름이
막 타온 솜이불이다
보송보송 부드러움에
드러누어 영원한 평화를 꿈꾼다
우리 모두 구름이어라

흘러가는 뭉게구름이 하늘이 비좁다
사람들 모두모두 싣고서
사랑의 나라로 흐른다
우리 모두 구름이어라

살을 지닌 먹장구름이 짙기만 하다
축축한 물기 속에
싸늘한 죽음이 또아리 틀고 있다

사람 안 사는 광야로 가서 거기 쏟아져라
황량한 사막 속에 새로운 생명을 불러 오라
우리 모두 구름이어라

바다

몸서리치도록 끝없는 항로에
제 몸도 가누지 못하면서도 희망봉을 향하여
너를 지난다

헤아릴 수 없이 부서지는 파도 속에
사연들을 구겨 넣고 오늘도 변함없이
너를 향한다

늘상 그렇게 살아왔건만
새삼스럽게 너의 실체를 만나고 싶어
너에게 뛰어든다

하늘도 무너지는 곳 저너머로
제마다 꿈을 꾸며 많고 많은 사람들이
노를 저었다

오늘도, 내일도 끝없이 이어질
몸부림의 행렬을 묵묵히 받아들이는
너! 그 이름! 바다여!

밤

어두움은 예전부터 고통인줄 알았음에도
고뇌의 밤은 무겁게 짓누르며
몸서리친다

몸은 벌레 먹고 마음도 검게 물들고
혼자 살아남은 생각마저 끝없는 늪가에서
밤깊은 줄을 모른다

낮이 남겨 주고 간 따스함까지
사정없이 앗아간 고통의 밤이
짙기만 하다

누가 어둠의 껍질을 벗겨 줄 것인가?
칙칙한 밤을 쫓아내고
찬란한 새날을 열어 줄 님을 기다린다

사랑하게 하옵소서

황량한 들판에서도
사랑하게 하옵소서!
사막의 한복판 일지라도
사랑을 노래하게 하옵소서!
밀림 속에서 길을 잃고 헤멜 때도
사랑을 잃지 않게 하옵소서!
파도만이 넘실대는
끝없는 바다에서도
사랑을 버리지 않게 하옵소서!

생존의 아귀다툼이 피를 토하는
도시 속에서도
사랑하며 기도하게 하옵소서!
사랑이라면
안 될 것이 없다면 마음으로
사랑하게 하옵소서!
사랑이라면 모두 끌어안고
함께 갈 수 있다는 확신으로
사랑으로 살게 하옵소서!

민들레

풀섶에 낮게 숨어서
짓밟혀도 너는 일어나고 또 일어났지

샛노란 꽃은 아직도
살아있음을 알리며 피어나고 피어나며
봄을 덮는다

살아야 하기에
아니 아름다운 세상을 위해
하늘 저 멀리 까지 산너머 산 끝까지
가려고 외로운 홀씨가 되었지

질기고 질긴 생명을
이어가는 너는 나의 기쁨이며 슬픔이구나

개나리꽃

누가 흉내 낼까
새벽처럼 찾아와서
이슬 머금고
피어난 화사한 몸짓

시집가던 날
우리 누나가 입었던
노랑저고리 입고서
입가에 띠운 수줍은 미소

사랑의 열정을
깊게 깊게 담으려고
무수한 초롱을 만들어
걸어놓은 마음

발길 끊긴 울밑에서
길고긴 슬픔의 세월을
눈물로 기다린
너처럼 기도하리라

채송화

가느다란 몸매를 솔깃이 세우고
몸채보다 더 큰 꽃송이를 피우려고
모자라는 시간을 모으며
여름을 가로 막았습니다

남에 눈에 띌세라 납작 엎드려
난장이가 되어 땅 내음 맡으며
바람도 따돌리고
그리운 님 기다립니다

밤 그늘이 드리우면
오지 않은 님 그리며
내일을 위하여
꽃잎을 접고
새날을 꿈꾸며
단잠을 부릅니다

시계

어제도 오늘도 내일도 끝없이
시각을 알려주는 너의 수고로움은
현재를 살게 하는 지혜를 주건만
정작 인생의 시간은 잊고 사는구나

하루에도 수없이 계속해서
너를 들여다보면서도
정신없이 허둥대며 쫓기기만 했지
삶의 시간은 보지 못하였구나

쉼없이 흘러가버리는 시간이지만
제 때 제 때 알려주면서도
시간도 못 지키는 인생에게
한 마디 말도 없이 끊임없이 가기만 하는구나

주님 말씀처럼
천 년을 하루같이 하루는 천 년 같이
우리 또한 산다면
너를 바라보며 웃을 수 있을 텐데...

만남

하늘 아래, 별 아래 사람, 사람들
바람이 불고 시간들이 부서질 때
연으로 만나 질긴 정을 키워간다

하늘이 내려 준 첫 만남 나이 많아 늙어가도
못내 그립기만 한
부모의 정을 평생 안고 살아간다

문득 문득 그리운 분! 너도 나도 이 다음에 커서
선생님이 되겠다고 했지...
지금은 얼마나 늙으셨을까?

비가 소리 없이 내리며 낙엽을 우수수 떨어뜨리는 저녁나절
따뜻한 커피를 나누며 밀린 이야기
하고 싶은 친구여! 지금은 어디에

미움이 빛바래도록 열열하게 사랑하고
뜨겁게 주위를 달구고 축복을 받으며
탄생한 부부의 연 하늘이 맺어 준 천생연분이어라

하늘 위에, 별 위에 죽음 저 너머까지
함께 갈 수 있는 분! 오직 세상에 한 분!
영원하리라! 영원하리라!

갈등 하는 인생

숨 막히는 독설의 현장인가?
양심도 고뇌하지 않는구나

구린내 나도록 찌들은 생인가?
뒷모습의 군상들만 활거하네

질펀하게 내던져진 삶인가?
거두어 줄 미련마저 없구나

언제부터 언제까지
꽉 막힌 벽들로 숲을 이룰 것인가?

그날이 오면 풀리겠지, 멈추겠지
깨끗이 씻기리라! 실낱같이 소망하노라!

어머니

아무리 나이를 먹고 셀 수 없이 시간이 지나갔으며
이젠 두 아이의 애비가 되어 있는데도
떨쳐버릴 수 없는 그리운 어머님 생각!

어려웠던 피난 시절
울기만 하는 아들을 안고 기도하시며
허리 아픈 것 잊은 채 종일 업고서
내려놓을 줄 모르시던 어머님!
초등학교 1학년 때 창문 곁에 서서
수업이 끝날 때까지 기다리시던 어머님!

처음이자 마지막이 된 어머님과 서울여행
석탄 가루, 시커먼 연기 모두 뿜으며 기적소리 큰 기차를
정읍역에서 타고 대전역에서 머리를 바꾸고 뒤로 갈 때
함께 가던 목사님께서 "말 안 들어 집에 돌아간다"고 놀리자
"걱정 말라"고 웃으시던 어머님!

지금은 빛바랜 흑백사진 한 장 속에 예배당에서
성도들과 함께 앉아계신 어머니!
치마폭에 앉은 꼬맹이가 지금 이렇게 컸습니다.
사진 속의 작은 아들이 목사가 되어 또 예배당에 있어요.
지금 막 어머님의 기도가 들려옵니다!

인생

울면서 태어난 탓일까?
지지 않으려고 크게도 울었지
머리가 커지면서 마음도 부풀어
항상 최고인양 폼을 내었지만
봄날에 구름 가듯 아쉽게 흘러갔다

그렇게도 많은 것들을 이루고자
보이는 것마다 눈으로 밟으며
원하는 것들은 차지하였어도
만족은 저 하늘 저 만치에
항상 비켜 서 있었던 것을...

세상이 좁다고 소리쳐 보았고
목이 터져라 노래도 불렀으며
때론 시인이 되었고
뜨겁게 사랑도 하였건만
공허한 마음은 넓기도 하였다
생채기만 남은 가슴을
쓸어안고 비틀거리며 살아온 인생
가쁜 숨 몰아쉬며

골 깊은 언덕을 넘노라니
황혼이 곱게도 비추인다!

이젠 기도하리라!
주님! 죄악된 인생 용서해 주시고
남은 생애 감사하며 살게 하소서!
봉사하며 섬기며 가게 하소서!
주님 품안에 안길 그날까지!

부부

가슴 속에 남고 마음 안에 심어지는
사랑이라는 나무는 부부라는 이름으로 사는
남녀 사이에서 자라납니다.

세상의 수도 셀 수 없는 수많은 남, 녀들 중에서
아내가 되고 남편이 되어 여보! 당신! 부르며
살게 되다니 부부의 연이란 신비롭습니다.

조금만 오래 살다보면 눈빛만 보아도
마음을 읽고 얼굴만 보아도
생각을 맞춥니다. 그래서 부부는 하나입니다.

조금만 참고 계속 살아보세요. 입맛도 같아지고
느낌도 같아지고 꿈도 같아지고
숨소리까지 느끼며 얼굴까지 닮습니다.

부부는 하나님이 맺어 주셨습니다.
부부 사이에 자라는 사랑나무엔
열매가 붉어가고 사랑이 배부릅니다.

아가

숨소리가 너무도 예뻐
숨결에 피어나는 평화가 온 세상이라네.

눈동자에 머무는 맑음이
이슬방울보다 깨끗하여 마음까지 비치네.

살갗의 보드라움은
아무런 꾸밈이 없어도 티 없는 사랑을 전해 오네.

옹알거림이 정다워서
통역을 안 세워도 엄마는 이야기꽃을 피우네.

하루 종일 잠만 자도
자는 것이 아니라 키 크는 생명의 시간이라네.

이름은 아직 없지만
이름 있는 이 보다 더 많은 것을 주는 존귀한 아가여!

자녀에게

내리사랑이란 말을 너희가 실감할 수 있겠니?
그 말이 체감 된 것도 너희를 낳아 기르면서란다.
눈에 집어넣어도 아프지 않다는 말도
바로 너희를 두고 한 말이란다.

훌쩍 자라버린 너희를 보면 머쓱해지지만
그래도 늘 품안에 자식처럼 안고 싶구나!
세대 차이 난다고? 그게 무슨 대수니
사랑하는 내 자식인데...
실수를 해도 밉지가 않고 잘못을 해도 싫을 수가 없는
아들, 딸아! 하나님을 섬기며 기도하는
마음으로 살아야 한다.
이웃을 생각하며 베풀고 나누며 살아야 한다.

출세보다는 행복한 가정이 중요하고
물질보다는 사랑이 더 없이 중요하다.
넌 한국 사람이야 별나지 않게 살려무나.
복된 인생을 수 놓거라.

가정

하나님 주신
아름다운 선물 가운데
가족은 영롱한 아침 햇살이다.
외로움을 넘치는 사랑으로
감싸 안으며 서로를 확인하고
의지하는 울타리다.

추위로 냉기서린 가슴을
따뜻한 위로로 훈훈하게
녹여주는 화롯불이다.
슬픔마저 함께 나누어
새롭게 일어서게 하는 희망의 등대이다.

주님!
우리 가정은 믿음으로 하나 되고
기도로 교통하며 주의 말씀 실천케 하옵소서!
하나님 주신 선물
함께 사는 우리 가족! 우리 가정!

가족

비바람이 세차게 불어와도
눈보라가 매섭게 몰아쳐도
막아주는 울타리.

해가 지고 달이 뜨면
부모는 매일 같이
자녀를 기다리고 자녀는 부모가 그리웁다.

깨물면 모두 아픈 손가락
흩어지면 보고 싶고 모이면 이야기꽃
헤어지기 싫구나.

따뜻한 숨결 맞잡은 손과 손
눈물도 정겹다.
기쁘나 슬프나 코끝이 아릿하구나.

싱그러운 녹음이 우거지고
풋냄새 향긋한 젊은 가족 소망이 넘친다.
기도하는 우리 가족

어머님 전상서

몸 무거운 열 달도
가볍게 사랑으로 보내시고
병원도 가신 적 없이
남의 집 구들장에서 날 낳으셨지요.

일회용 기저귀는 이름도 없었고
그 흔한 광목 한 필 없어
구호 양곡 밀가루 부대
부드러운 볼기 상할까
빨고 빨고 또 빨아서 기르셨지요.

유난히도 울어대던 못난 녀석을
그렇게도 어여삐 여겨
날마다 등에 업고
피난살이 장삿길에 혹 덩어리
개의치 않으셨지요.

초등학교 입학하던 날부터 한 달도 더 넘게
나만 혼자 어머니와 함께 학교 다녔어도
얼굴 한 번 붉히시지 않던 참 어머니 이셨지요.

초등학교 졸업식도 보지 못하셨건만
지금도 천국에서 기도하시며 보시겠지요.
어머님사랑합니다.

한 해를 보내면서

서쪽하늘 붉게 물들인 저 태양은
변함없이 내일 다시 떠오르겠지만
너는 영원히 돌아오지 못할
역사 속으로 미련도 없이 빨려 드는구나.

아쉬움도 미움도 설움도 아픔도 모두모두
이글거리는 붉은 가슴에 다 끌어안고
활활 태우며 영겁의 세월 속으로 가 다오.
다시 오지 않아도 좋으니 그렇게 가려므나.

그 얼굴 그 모습은 그대로 좋으나
속사람만은 새로워야 하리니
역사의 뒤안길을 찾아가는 그대여
우리의 옛모습, 옛사람을 함께 실어 가 다오.

발로 뛰고 머리로 뛰어도 부족해서
컴퓨터로 날아도 속절없이 찾아드는
나이 먹는 외로움은 뛰어 넘을 수 없어
옷깃을 세워도 찾아온 아침 기침을 어쩔 수 없어라.

역사의 수레바퀴를 돌리시는 주님!
새해를 위해 지금 다시 빚어 주소서!

사계(四季)

온 세상이 눈부시다
은빛 두루마리 천이 풀리어 만물을 덮었구나.
고요가 찾아드는 겨울의
저녁나절이 그지없이 평화롭다.

온천지가 화려하다
다투듯 피어나는 아름다운 꽃들이
사랑을 고백하네.
따사로운 봄날이 겨울을 이긴 여인을 부른다.

온 누리에 녹색이 가득하다 고목나무 가지마다
젊음이 열렸구나.
시원한 여름 바람이
오수를 즐기는 농부를 어루만진다.

온 산이 불 타오른다.
높고 파란 하늘에 치솟아 숲들이 춤을 추네.
흰 왜가리 한 마리가
연인을 찾은 듯 가을 속으로 빨려든다.

봄을 기다리는 마음

매화 향기 그윽한 뜨락을 거닐고 싶습니다.
파릇한 풋 내음을 그득 담은 봄나물 바구니를
만나고 싶습니다.
언덕 위에 피어오르는 아지랑이 속으로 걸어가고 싶습니다.
뒷동산에 흐드러지게 어우러져 피어난 진홍의 진달래 속에
눕고 싶습니다.
뾰족이 숨 쉬며 생명을 내민 잡초 사이에 다소곳이 피어난
연보랏빛 제비꽃을 보고 싶습니다.

북풍한설의 모진 눈보라 바람 속에 숱한 날들을
견디어 낸 인동초처럼 오늘도 기다립니다.
마음까지 횅하니 비워 놓고 달려 가버리는 새벽 냉기
속에서 두 무릎을 꿇고 당신을 찾아갑니다.
지루하다 못해 진저리 쳐지는 삶의 반복 속에서도
계절을 움직이는 당신의 섭리를 느끼려 합니다.
살을 에이다 못해 뼈 속까지 깎아내는 매서운
겨울의 복판에서 당신의 따스한 체온을 소망합니다.

봄

무거움이 옷을 벗어 하늘을 헤엄치고
어두움은 녹아내린 시냇물에 몸을 씻고
새날을 부르며 일어나 허리 굽혀
새봄을 맞이하는구나, 새봄을...

씻겨져 내린 맑은 하늘엔
아지랑이 민들레가 비추이고
봄이 달음질쳐 오는 푸른 잔디엔
이름 모를 새들의 사랑이 익어가네.

목련은 꽃잎들을 시집보내고
수줍은 개나리가 활짝 웃음을 터트리자
진홍의 진달래는 누구의 설움인가
온 산을 핏빛으로 물들이기 시작하네.

영혼까지 맑고 싱그럽게 하는
화사한 봄 내음이 상큼하게 다가서면
다시 한 번 사랑을 꿈꾸리라.
아니 사랑의 노래를 부르리라!

뉘라서 꾸짖을 것인가? 화려한 사랑의 변신을...
누가 말할 수 있는가? 사랑을 향한 뜨거운 몸짓을...

봄비

꽃샘바람이 불던 날
봄비가 온 종일 추적추적 내린다.
아직은 몸 벗은 목련 나무 가지에 앉는다.
매서운 겨울 눈보라도 이겨내고
알몸으로 봄비를 맞는 가지마다
생명의 봄날! 눈부신 봄날을 부르고 있다.

봄을 재촉하는 소리! 봄비!
꽃잎을 흐드러지게 피워낼 그날
화사한 봄날! 눈부신 봄날을 부르고 있다.
시린 이를 악물고 질투하고 싶은
숨 막히는 아름다움의 그날은
어김없이 봄비와 함께 다가오리라.

끝없이 내리는 봄비를 만나고 싶다.
내 안에 칙칙하고 무거운 겨울을 벗고
새봄이 넘치도록...
마냥 내리는 봄비를 맞고 싶다.
내 안에 무섭고 두려운 캄캄함이 사라지고
화사하고 눈부신 그날! 우리 함께 춤을 추리라.

여름

누구의 시샘인가? 열정의 향연처럼
오랜 시간 뜨겁게 뜨겁게 머무르고 싶은
욕심의 발로이겠지...

녹색의 파노라마! 생명의 장엄이다.
뉘라서 이 푸르름의 고결한 신성함에
돌을 던질 것인가?

번성의 보금자리! 삶에 본능이 활활 타 오른다.
수풀처럼 무성한 사랑의 열매가
땅에 충만 하누나!

성악가의 노래인가?
산자락에 가득하고 파도 속에 드높은
저 ? 숨소리는 살아있다는 꿈틀거림에 넉넉하다.

누구의 작품인가? 익어야만 하기에 빚어진
섭리 가득한 당신의 손길이었군요.
여름! 너를 좋아한다고 말하고 싶다!

여름앓이

길고 지루한 여름 내내
하루도 거름 없이 여름앓이를 했습니다.
한낮에 햇살처럼 쏟아지는 그리움에
사랑의 열병을 앓았습니다.

심연의 바다에서 길어 온 시원한 가슴으로
님의 마음을 적셔야만 했습니다.
올올이 뽑아 낸
뜨거운 사랑으로
영원을 향한 그림을 그렸습니다.

고쳐지지 않는 아니 고칠 수 없는
여름앓이를 앓았습니다.
치유할 수 있는 분은 오직 당신뿐입니다.
열매를 거두어 주소서!

여름 꽃

뜨거운 햇살이 좋아
몸 달구어
피어난 숨결!

진홍색 입술에
사연이 한아름
옛 이야기 들려온다.

맑은 이슬
꽃잎에 머금고
새날을 부르네.

반겨 노는 이 없어도
이대론 스러질 순 없어
피어내고 피어내고 피어낸다.
구름도 빗겨 서고
바람마저 조우는데
불타는 여름 꽃!

가을

가을을 받아들인
하늘은 더 높이 치솟아 오르고
오색 물감을 머금은
나무들은 제각기 아름다웁다.

오곡백과를 끌어안은
가을 들녘이 풍요로 넘실대면
환한 미소가 피어나는
농부의 주름진 얼굴에
행복이 묻어난다.

나뭇가지에 걸린 가을 보름달이
휘영청 비춰이면
앞 다투어 솜씨를 뽐내는
풀벌레 소리에 가을이 익어간다.

그리운 가을

물감을 쏟은 듯 파아란 하늘에
매어달린 주홍색 감들이
배고픈 까치를 맞을라치면
울긋불긋 새 옷을 갈아입은
단풍들은 온 산에 불을 지른다.

황금물결이 들판 가득 넘실대고
허수아비는 허허로이 서서
몰려드는 참새 떼를 환영하며
두 팔 벌려 말벗 하자는데
철없는 아이 "워이 워이" 새를 쫓는다.

오는가 싶더니 가려는 듯
무심한 갈바람에 밭두렁 억새풀은
구슬피 울며 부러지는 목을 가누는데
속없는 아저씨 쥐불을 놓아
멍들어 타는 가슴 더욱 조리네.

터질 듯 손길을 기다리는 메주콩
흙내음 물씬 묻어있는 고구마
홍마노보다 붉은 고추의 군락
마당에 깔아놓은 멍석은 초만원
인생들 마음도 이처럼 풍성했으면...

낙엽

푸른 날의 초상을
가슴에 안고 가야만 한다.
무던히도 애쓰던 지난날의 몸부림이
온 몸을 붉게 태웠는가?

모진 비바람에
모든 것을 내맡길 생명
후회도 미련도 없이 살았다.
녹색의 신선함으로
때론 그늘로서 쉼의 자리를 내주었다.
아름다운 잔영이 온 몸을 노랗게 채색했는가?

포도 위에 딩굴어도 잔디 위에 누어있어도
너의 모습은 추하지 않구나
세월을 느끼고 삶을 되새기며
온 생을 아낌없이 주고 간
너! 낙엽이여!

시골의 겨울

나지막한 언덕 저 너머에 매서운 바람을 잠재운
사랑 실은 기적 소리를 가까이 들려오게 하는
은빛 바다가 좋다.

윗말 아랫말 사람 모두 나와
눈 덮인 앞산 뒷산 헤집고 뒤집는
토끼몰이 꿩몰이에 정신이 없어
짧은 해가 다 가는 줄 몰라도
그런 동심의 세월이 좋다.

고즈넉한 저녁나절에 피어오르는 저 연기는
송진 냄새 그윽한 사랑방의 군불
빠지는 눈길을 마다하지 않고
찾아온 사람들이 좋다.

어머니 손때 묻은 검은 솥엔
구수한 고구마가 익어가고
좋아라 날뛰며 지칠 줄 모르던
삽살이는 부뚜막에 잠드는
풍요로운 정경이 좋다.

겨울 나무

매서운 바람이 너를 마구 흔들어
앙상한 가지가 들어나도
의연히 서 있는 겨울나무야

벌거벗음을 부끄러워하지 않고
언제나 그런 것처럼
당연한 것으로 받아들이고
거기 서 있는 겨울나무야

눈보라가 온 몸을 난타해도
올 것이 왔구나 그냥 맞이하며
우뚝 서 있는 겨울나무야

넌, 아마 봄을 꿈꾸고 있나보다
아니, 봄을 기다리고 있지-
웅크릴 수 없고 비켜설 수 없으며
떠날 수는 더더욱 없는 이유는
봄을 만나야 하니까!

옛날의 겨울

북풍의 센 바람이 미군 내복을 줄여 입은
헐렁한 마음을 빈틈없이 휘젓고 지나간다.
서릿발 냉기가 구멍 난 양말을 기워 신은
발바닥에서 여윈 정수리 마디마디까지 차갑게 한다.
차디찬 겨울 공기가 코끝을 시리게 하다못해
눈시울까지 붉게 만들어 얼음 눈물을 고이게 한다.

물동이에 우물물 길어 온 손가락은 떨어져나가고
삼촌이 잡아 온 산토끼 귀마개도 소용없이 귓불은 얼어
붙는다.
아무리 옷깃을 세우고 어깨를 움츠리고 팔매를 맞물리고
종종 걸음을 쳐도 이미 얼어버린 마음은 녹을 줄 모른다.
오리털, 소가죽, 양껍데기. 양새끼, 토스카나가 있어도
무슨 소용 있으리, 어릴적 추운 겨울은 이미 없는 것을...

전기난로, 전기장판, 보일러, 가스 순간온수기가 있어도
이미 옛날의 겨울은 지나가 버렸는데...
어머니가 담아 준 질화로 속에 군밤이 익어가고
할머니가 들려주는 정다운 옛날이야기!
아궁이 깊이 아버지가 묻어둔 군고구마를 꺼내어
시커멓게 타버린 한 껍질 벗겨내고 속살 먹는 겨울!

겨울비

칼바람이 살을 에이고
눈보라가 산야를 덮어야
제격인 겨울에 겨울비가 쏟아진다.

그것도 내리 사흘을 추적거리며
옛 상처를 건드려 밤을 뒤척이게 한다.

눈부시게 밝은 햇살이
걸어오고 따뜻함이 어루만져야 할
대낮에 어두운 겨울비가 내린다.
온 세상 구석 구석을 어두움이 짓누르니
어쩔 수 없는 회색빛이다.

그날! 마지막 날! 며칠씩 어두울
그날이 멀잖은 데
왜 그리 바쁘고 왜 그리 소란인지...

첫 눈

아무도 모르게 밤사이에 찾아온 손님
소복이 나래를 접고 내려앉은 첫 눈입니다.
눈다운 눈이 어제 밤 온 세상을 덮은 것입니다.

나무들도 하얀 모자를 수없이 썼으며
지붕도 하얗고 숲도 길도 모두 하얀 색입니다.
마음마저 그렇게 깨끗할 수가 없습니다.

모든 세상의 죄와 악을 덮어 주소서!
미움도 갈등도 모두 모두 하얗게 만드소서!
교만과 자만을 벗어 던지고 흰색이 되어
모두를 끌어안고 함께 하는 세상 되게 하소서!

하얀 들판을 아침 일찍 걸어갑니다.
어릴 적 생각이 엄습하며 몰려듭니다.
눈을 뭉쳐 눈싸움 흉내를 내며 크게 웃어 봅니다.

1월의 꿈

깊은 잠 속에서 눈을 뜨고 새로운 세상으로 들어간다.
거기 매서운 바람이 없고 검은 구름 또한 없다.
좌절이나 후회가 머물지 않는 그런 세상이다.

대 평원이 펼쳐지고 무수한 일들이 넘실댄다.
여기 땀을 흘릴만하고 수고 할 만한 일 가득하다.
정의의 소득과 열매가 있는 그런 세상이다.

사랑의 나무들이 서 있고 그 아래 어우러져 춤을 춘다.
진실로 서로를 이해하고 덮어주고 아끼는 삶이다.
베풀고 나누며 섬기는 그런 세상이다.

12월 맨 마지막 끝날 아니 이 세상 멈추는 그 날까지
정월 초하루의 꿈을 가지고 꿈을 깨지 말아야 한다.
힘쓰고 애쓰고 인내하리라. 이런 세상이 오도록...

2월의 소리

긴 동면에서 서서히 기지개를 펴는
2월의 소리가 정다이 들려온다.
하늘은 길을 열어 겨울새를 돌려보내고
바람은 봄으로 가는 길목에 다리를 놓는다.

얼어붙은 시냇물이 두꺼운 외투를 벗고서
예의 그 소리로 귓전에 다가온다.
수정 같은 물방울은 얇아진 얼음 밑에
투명한 길손을 맞느라 목을 뺀다.

어미 찾는 송아지의 긴 울음이 메아리치면
부풀은 가슴을 내민 버들강아지는
새로운 세상으로의 여행을 준비하며
지나는 길손을 맞느라 목을 뺀다.

지금 우리 모두 자리를 박차고 일어나
저 2월의 소리를 들으러 가자
아니 봄이 찾아오는 소리를 듣자
무거운 것들일랑 벗어놓고 힘차게 전진하자.

3월의 꽃샘 바람

아직은 시려운 봄바람이
얼굴엔 차가우나 싫지 않은 까닭은
봄 향기 가득 실은
꽃샘바람이기 때문이리라.

설풍도 잠 재우고 깨어난
난 잎은 가냘프나
노란 꽃송이 송이마다 3월 향기 길어 담은
싱그러움으로 충만하다.

봄의 여왕 목련은 약속이나 한 듯이
저마다 봉오리를 불리우고
봄의 향기 넘치게 품고
터트릴 그날을 기다린다.

양지바른 언덕이 아니어도
다투어 솟아난 풀꽃은
식구처럼 춤을 추며
3월의 향기를 내뿜는다.

어느 틈엔가 뜨락엔 아이들의 재잘거림
새 희망 풍성히 안은 활기찬 몸짓은
정녕 새 봄을 부른다.

4월의 고난

4월답지 않은 무더위 매서운 바람
4월 같지 못한 차가운 비
모두 함께 사는 4월!
그 속에 내가 서서 변화무쌍한 삶을 산다.

화려함의 봄꽃도 짧은 생을 접는 4월
누구의 싯귀처럼 4월은 잔인한 달인가?
환영처럼 다가온다.

소리 없이 속절 없이
미련도 없이 아쉬움도 없이
흐르는 세월에 나도 흐른다.

미움도 가고 사랑도 가고
꽃들도 가고 4월도 가도
봄도 가고 인생도 가는 것을...

고향의 5월

싱그러운 냄새가 나네 그리운 5월이 달려왔구나
새들이 둥지를 틀고 알을 품었네 사랑의 5월이 찾아왔구나
녹음이 우거지고 초록빛 바다가 펼쳐졌네
푸르른 5월이 세상에 가득하구나
꽃들은 저마다 아름다움을 노래하네
꽃향기 그윽한 5월이 만발하였구나.

계절의 여왕 5월은 벌써 깊숙이 지나가고 있건만
철을 앞당겨 노는 아이들 미역감는 모습은 없구나
완연한 봄날은 한가운데를 넘어서려 하건만
마을 정자에 앉아서 5월을 노래하는 사람들은 없구나.
"필릴리 필릴리" 풀피리 소리를 들려줄 오빠는 없구나
아카시아 꽃이 흐드러지고 화들짝 산새는 날아오르건만
새참을 이고 밭이랑 사잇길을 걸어가는 아낙은 없구나

고향의 5월이 그리워도 갈 수 없으니
사무친 가슴만이 푸르게 남았네
5월의 고향이 마음속에 가득하여도 만날 수 없으니
응어리진 가슴만이 짙푸르게 드리웠구나
워싱턴 포토맥 강에 낚시를 던져도 떡붕어는 없으니
정녕 고향의 5월은 아니구나

6월의 노래

푸르다 못해 검푸른 녹음이 무성하다
어디서 왔는지 모를 소슬 바람이
잠시 눈 좀 붙이자는데
나뭇가지는 안 된다고 파도를 친다.

햇살이 따뜻하다 못해 뜨겁다
이름도 알 수 없는 산새 한 마리가
세 들어 살자고 노래를 부르는데
보리 이삭은 안 된다고 까끄라기를 세운다.

앞 논에는 물들이 한그득 풍성하다.
밤사이 이사 온 아기벼들이
주인이라고 소리치는데
볼 부은 개구리는 안 된다고 목청을 높인다.

소슬바람도 잠이 들고 산새도 세를 들었네
아기벼들도 뿌리를 내리고 누에는 고치를 짓는 6월!
그렇게 만물은 조화를 이루고 사랑은 익어간다.
아름다운 노래가 들려온다. 6월의 노래가...

7월의 향기

태양은 이글거리며 한걸음에 다가와
죽마지우 송글송글 구슬땀을 불러내고
나뭇잎은 푸르다 못해 검푸르게 갈아입고
여름의 한 가운데를 달음박질한다.

빨간 모습이 부끄러운 산딸기는
흑진주로 치장하고 발길을 기다리고
뻐꾹새는 한낮의 정적을 깨뜨리며
가버린 봄을 아쉬워 노래한다.

미나리아제비 꽃은 논두렁에 서서
무성하게 자라나는 쌀나무 가족과
누가 더 빨리 크는가 내기를 하며
찌는 듯한 한 여름 속을 즐기는구나.

미꾸라지, 송사리 떼 쫓아가는 벌거벗은
아이들이 싫다고 뜸북새는 노래를 그치고
놀라 헤엄쳐 달아나던 논개구리의
커다란 눈망울 속에 여름이 펼쳐졌다.

담장을 수놓은 찔레꽃 향기가 하늘을 찌르고
오솔길 저 너머에 누가 오는지
고개 내민 옥수수와 해바라기는
서울손님 어서 오라고 손짓을 한다!

8월의 성숙

긴 여름의 언덕을 막 넘어 서면
수줍은 처녀의 싱그러움 같은
상큼하게 익어가는 청포도를 만난다.
한결 같이 준비한 땅속 17년의 세월을
3주일 동안에 활짝 꽃 피우기 위하여
매미는 그렇게도 크게 울었는가 보다.

뜨거운 태양빛과 찌는 듯한 무더운 날씨는
불룩한 뱃가죽을 터트려
환하게 피어난 벼이삭을 춤추게 하였다.
농부의 구슬땀이 떨어져 맺어진
홍마노보다 더 붉은 보석, 고추가
멍석을 깔고 시집갈 준비를 한다.
대청마루 밑 선기 느끼는 흙바닥에서
바둑이가 낮잠을 즐기면
늙은 호박은 지붕위에 올라가 집을 지키네.
꽃잎을 외국으로 떠나보낸 해바라기가
고개를 푹 숙이고 북받치는 슬픔을 훔칠 때
찾아온 고추잠자리가 눈물을 닦아준다.

이렇게 8월은 성숙을 불러왔고
그렇게 성숙은 8월에 이루어지누나!
8월을 지나가야 비로소 만물은 익어갈 것이다.

9월의 추억

잔학하리 만큼 무덥던 여름날씨도
네 앞에선 꼬리를 감추었으니
가을의 문을 여는 너의 모습이 어여쁘구나.
툭 불거진 밤송이가
탐스러이 저마다 뽐을 내노라면
영글어 가는 가을이 저만치서 손짓을 하네.

여름이 머물던 자리엔 어느 샌가
소슬바람이 차지하였고
재 넘어오는 저녁나절 찬바람이 싫지 않구나.
달 밝은 9월의 밤하늘을
기러기 떼가 수놓을라치면
향수에 저민 가슴은 못내 아리기만 하여라.

토방마루 문턱까지 찾아든 귀뚜라미의
귀뜨르르, 귀뜨르르, 귀뜨르르 울음소리가
더 맑게 들리는 것은 마음 탓일까?

10월의 넉넉함

누군가 말했습니다.
10월을 상(上)달이라고
그래서 그런지 넉넉하고
부족함이 하나도 없습니다.
햇살도 싫지 않고 바람 또한 정겨웁습니다.
10월은 이래 저래
곱디고운 단풍처럼 좋습니다.
들녘에도 사람들의 가슴에도
결실과 여유로움이 묻어납니다.
우리 모두 상달처럼 삽시다.

누군가 원했습니다.
10월엔 결혼할 거라고
그래서인지 10월엔
온 천지가 웨딩드레스로 수놓습니다.
새 가정의 탄생은 모든 이의
축복을 받기에 충분합니다.
10월은 이래 저래
맑고 높은 하늘처럼 좋습니다.
가지마다 뒤질세라 매달린
붉디붉은 능금처럼 10월은 익어 갑니다!

감사의 11월

몹시도 바람이 불어오는 11월
겨울 아닌 겨울이 시작되었는가?
옷깃을 여미며 바람 속을 걸어 본다.
신앙의 자유를 찾아 첫 발을 내린
플리머스에는 오늘도 바람이 차리라.
보잘것없는 수확물 없어진 가족과 사라진 동료들
낯설고 물설은 미지의 땅
그럼에도 감격적인 감사를 드린 11월
아! 청교도여! 그대들을 감사의 사람들이라 부르리
라!

을씨년스러운 나뭇가지에
겨우 매어 달린 색 바랜 잎새
모두 떠나보내고 두 장 남은 달력
황혼에 부는 바람에 날아갈 인생
가냘프게 모질게도 흩날리고 있다.
그러나 감사하리라!
풍성했던 여름날을 잊지 않으리
넉넉했던 추수의 가을을 안고 가리라

이별의 12월

일그러진 초상처럼
말라버린 잎새 하나가 남아
춥고도 긴 겨울을 맞는다.
눈길조차 받지 못한
벌거벗은 보리수나무 앙상한 가지에
삭풍이 휘몰고 지나간다.

한 장밖에 남지 않은
빛바랜 카렌다가 몸부림을 치며
벽과의 이별을 아쉬워한다.
수많은 날들이 허공에 날아가고
남은 건 주름살, 늘어난 것은 흰머리뿐
삶의 지혜는 세월 속에 숨는다.

시간은 빈틈없이 물 흐르고
모든 것은 영원히 돌아올 수 없는 곳으로
가야만 하는 것이 순리이니
슬픔도 눈물도 함께 보내고
고통도 미움도 모두 다 쓸어 보내리라
희고 투명한 새로운 날이 오도록...

감기

보이지도 않는 것이 들리지도 않는 것이
반갑지도 않게 찾아와서 자리를 잡으니
꿈도 의욕도 시들해지고 밥맛도 입맛도 없구나.

세균 하나에 온 몸이 몸살을 하고
머리는 어지럽고 밤잠을 설치니
정신은 몽롱하구나
그렇게 욕심을 부리던 사람이
황소도 눕힐 것 같은 장사가
드러누워 꼼짝을 못하네.

부질없이 욕심 부리지 말자
쓸데없이 교만을 품지 말자
육신을 위해 너무 많이 쌓지 말자
감기에도 꼼짝 못하는 인생임을 알아야지

고궁

수백년 역사의 숨소리가 들리는 듯
바람소리가 단청 처마 끝에 머무네.
돌기둥에 손때 묻은 자욱마다
기쁨과 슬픔이 그림자 되어 드리웠네.

마당에 늘어선 품계석마다
그 날의 음성을 들려주듯 서 있네.
어찌하다 지금은 왕궁 아닌 고궁이 되어
관광객만 너를 반기는구나.

수많은 신하들 간데없고 임금도 보이지 않고
무심한 가을 낙엽만이 흩날리는구나.
기와지붕 곡선이 빼어나게 아름답건만
빌딩 숲에 가리워 가냘프구나.

그대 속으로

그 자리 거기, 그곳에, 그 시간 그대가 있어서 좋다.
날이 맑으면 맑아서 좋고 비가 오면 비가 와서 더욱 좋다.
바람이라도 불어주면 바람 불어 더 더욱 좋다.
내 몸을 바람결에 내맡기어
가볍게 그리고 소리도 없이 살포시
그대 속으로 아니 그대 영혼 속으로 날아가리라!

갈등과 번민의 물결 속에서
곤혹의 수레바퀴 인생 속에서 그대를 찾았노라!
들국화 같은 연푸른 청백색의 당신을 만났노라!
들꽃이 만발하고 무수한 열매들이 흐드러진
마지막 가을 한 복판에 그대 있으니
단숨에 당신 속으로 달려갑니다.
눈이 시리도록 아름다운 사랑을 이루리라!
숨 넘어 가도록 뜨거운 사랑을 꽃 피우리라!
으스러지도록 열정적 사랑이 맺어지리라!
지금 가노라!
막 가노라! 이제 가노라!
그대 숨결 속으로, 당신 마음속으로, 그대 영혼 속으로

연가

별들이 쏟아지는 어느 여름밤에
수없이 입속으로 별들보다 더 많게
이름을 불러도 모자라 크게 크게 소리칩니다.
사랑합니다! 사랑합니다!

초가을 때 아닌 장마비가 질척이며
한날 하고도 반나절을 쏟아지는 오후
흩뿌려지는 물방울 수보다 더 많게 말합니다.
그리워합니다! 그리워합니다!

숨 가쁘게 턱밑까지 치받으며 오르는 기쁨을
숨소리 거칠게 터질 듯이 부풀리는 감동을
숨 넘어 갈 듯이 입술에 퍼지는 달콤함을
드리겠습니다! 드리고 싶습니다!

이기적이라 해도 할 수 없습니다.
일방적이라 해도 어쩔 수가 없네요.
순수치 못하다고 해도 괜찮습니다.
사랑하니까요! 사랑하니까요!

해맑은 웃음을 머금은 당신은 천사였오!
어디서나 어느 때나 피어나는 미소
그 깨끗한 웃음은 내 마음을
평안하게 하기에 넉넉합니다.

백합처럼 신선한 당신의 마음은
언제나 희망이었오!
그 청순한 마음은 내 생각을
신선하게 하기에 부족하지 않습니다.

우리가 넘어야할 벽은 넓고 높아도
우리가 사랑하면 넘어야할 벽은 없습니다.
미래에 올 어떤 불안도 있었지만
그 보다도 사랑하기에 모든 걸 버리면
불안은 없어진다고 생각도 했지요.

사랑의 독백

어두움이 온 세상을 덮고
고요와 적막만이 드리워진
칠흑 같은 밤의 정점에서 당신을 생각합니다.
가시밭의 연속, 끝없이 펼쳐진 깊은 웅덩이,
사막의 한 가운데서 허우적거릴 때
양지에 핀 제비꽃 같은 당신을 만났습니다.
가슴에 돋는 무수한 번민의 독초
마음을 짓누르며 무거운 암갈색 바위의 눌림 속에서
날아오르는 한 마리 나비 같은 당신을 만났습니다.

골똘한 생각은 오직 당신!
지금은 무엇을 하고 있을까?
혹 나를 생각하고 있지나 않는지-
괜스리 혼자서 좋아하는 삐에로가 될지라도 좋다.
이미 나는 사랑의 광대! 사랑의 포로가 되었다!
억지로도 아니고 순간의 감정도 아닙니다.
진실로 사랑하고 정말로 좋아서 된 것입니다.
온통, 모두, 몽땅, 전부, 가득, 남김없이 당신뿐입니다.
당신의 생각을, 당신의 마음을, 당신의 영혼까지
사랑합니다. 그리고 한없이 기뻐합니다.
숨이 멎어도 후회하지 않을 기쁨이여 사랑입니다!

그날 이후

마음에 이는 소리가 있습니다.
비바람이 매서운 폭풍의 언덕에서
살을 에이는 매정한 눈보라 속에서
험한 골짜기의 산자락 끝에서
수 천 길 낭떠러지의 벼랑 마지막에서
당신의 소리가 아니 당신이 다가왔습니다.

지금 그대로 말미암아 고요가 찾아들고
기쁨의 내음이 전신을 휘감아 나를 그대 안에
머물게 합니다.
숨을 멈추게 하는 사랑이여
영원히 머무르고 싶은 사랑이여
아름답게, 아름답게, 영겁의 세월 속에 지속하라!

물기에 젖은 듯 혹 씻은 듯 촉촉하면서도
수정보다 더 맑은 눈동자
내 마음 둘 곳을 모르게 하네
누가 그려 놓은 듯 분명한 선이 드러난
부드러우면서도 열정 넘치는 핑크빛 입술
내 가슴에 자리 잡아 떠날 줄 모르네

꿈속에서 만나도 좋고 좋으련만
현실 속에 함께 대양을 건너고 싶어라
밤이 새도록 이야기하고 웃고 소리 내며
마음껏 포옹하고 싶어라!

그리움

하루해가 짧아서 허리를 붙들어 놓고
저물도록 생각을 접어 봅니다.
세모, 네모, 마름모 많은 모양을 접습니다.
그래도 당신은 내 안에 가득 채워진 수천마리
학이 되어 날아와 앉습니다.
낙엽 냄새가 온 세상에 불을 지르는 가을 초입에 서서
밤이 깊도록 마음을 정리해 봅니다.
달래고 쓰다듬고 다독거리며 진정시킵니다.
그러나 당신은 내 마음에 피어나는 수백만 송이
붉은 장미 되어 넘칩니다.

칠흑 같은 어두움이 너무 싫어 등불을 하얗게 밝히고
날이 새도록 뒤척이며 그림을 그립니다.
풍경화도, 정물화도, 수채화도 그렸습니다.
아무리 그래도 당신은 내 속에 쌓여지는 수억만 장의
웃는 얼굴! 바로 당신 모습입니다.
나의 모든 것입니다! 아니 전부입니다.
막을 수도 말릴 수도 없습니다.
사랑하니까요!

당신

순간순간 숨 쉬는 언저리마다 애정의 꿈이 있다면
그 꿈은 깰 수 없는 영원한 꿈이리라
당신은 나의 순간 속에 머무는 사랑의 꿈입니다.

하루하루 설레이게 하는 불타는 희망이 있다면
그 희망은 꺼질 수 없는 사랑의 희망이리라
당신은 나의 하루하루 속에 넘치는 사랑의 희망입니
다.

생활의 현실 속에 기쁨 주는 달콤한 맛이 있다면
그 맛은 잊을 수 없는 사랑의 맛이리라
당신은 나의 생활 속에 내려앉은 사랑의 맛입니다.

삶의 줄기 속에 피어나는 아름다운 꽃이 있다면
그 꽃은 시들 수 없는 생명의 꽃이리라
당신은 나의 삶 속에 피어나는 사랑의 꽃입니다.
생의 한 가운데서 새롭게 하는 상큼한 향이 있다면
그 향은 사라지지 않는 은혜의 향이리라
당신은 나의 생애 속에 퍼지는 사랑의 내음입니다.

인생의 전부를 털어 넣어 건져 올릴 열매가 있다면
그 열매는 썩지 않는 영혼의 열매이리라
당신은 나의 세계 속에 영글어진 사랑의 열매입니다.

2

하나님을 사랑한 노래

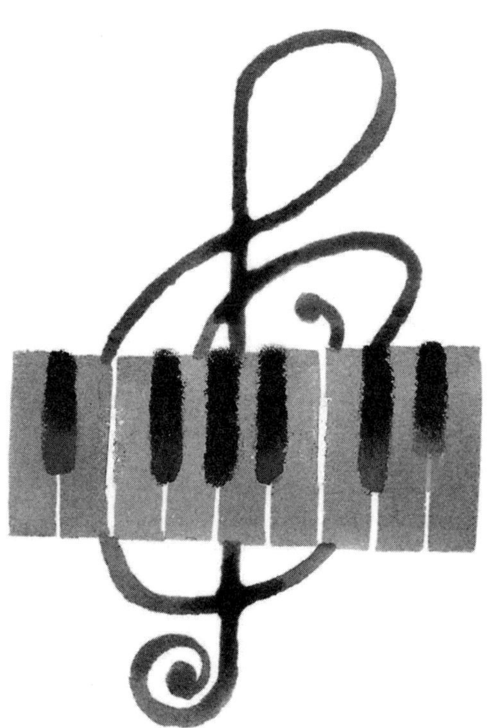

믿음

믿음이 무엇입니까?
마음에 물어보면
무엇이라 대답하고 있습니까?
믿음은 사람을 믿는 것이
아니라고 해야 합니다.
믿음은 그런 차원이 아니니까요

믿음은 하나님을 아는 것이 참 믿음입니다.
하나님을 알려는 사모함이
강물처럼 넘쳐야 합니다.

믿음은 하나님을 사랑함이 바른 믿음입니다.
하나님을 이해할 때 은혜가 바다 같이 충만합니다.
하나님을 믿는 사람은
하나님을 닮아가는 것입니다.
거룩해지는 것이지요.
아닌 것은 버리고 거룩해 질 때
믿음은 자라납니다.

소망

한 가지 바램이 있었습니다!
먼동이 터 오기 전 새벽 어두움이
온 천지를 휘감고 있을 때였습니다.
한 가지 원함이 있었습니다.
미움의 그림자가 아직도
온 마음을 먹칠하고 있을 때였습니다.
한 가지 소원이 있었습니다.
전혀 진리일 수 없는 것들이
교회와 성도들을 불 지르고 있을 때였습니다.

그것은 오직 주님만을 바라보는 소망이랍니다.
소망이 되시는 예수님, 오셔서 당신의 빛으로
밝은 광명천지를 만들어 주소서!
소망의 닻이신 주님, 당신을 바라봅니다.
예수님만이 모든 인생들의 먹물 같은 죄악을
말갛게 씻어 내실 소망이십니다!
지금도 아니 계속 그날까지 소망합니다!

사랑

아! 숨이 다 하도록 던져주고
님은 가셨으나 영원히 남은 죄인 안에 사랑!
아! 알 수 없을 만큼 깊어
육체의 그릇 속에 담는 사람 안에 사랑!
아! 아무도 흉내 낼 수 없어
믿지 않고는 알수 없는 인생 안에 사랑!

아! 누구나 얻을 수 있는
참 사랑의 열매 언제나 한 그득 내 안에 사랑!
아! 영생토록 비추리라!
은혜와 평강 우리 안에 사랑!
아! 겟세마네 사랑!
골고다 언덕에 사랑! 십자가 사랑!
영원하리! 예수님 사랑! 죄인 사랑!

성경

가장 귀한 영혼은 몸져누워
백약이 무효하고 의원이 쓸데없어도
구약, 신약 하늘의 약이 있으니
귀중한 영혼이 소생하도다!

삶의 지혜는 악으로 채색되어
학벌도 무력하고 학문이 필요 없어도
하나님의 말씀! 생명의 말씀이 있으니
노인보다 스승보다 지혜롭도다.
인생의 바른 목적도 재물 따라 흘러가므로
도덕이 무능하고 윤리가 땅에 떨어져도
진리의 말씀이 오늘도 살아있으니
내 발의 등이요 내 길에 빛이 비추누나!
참 사랑의 아름다움은 옛이야기가 되어
수 없는 사랑의 노래도 작품도 허공의 메아리
그러나 주님의 말씀! 사랑의 말씀이 있으니
"저들의 죄를 저들에게 돌리지 마소서"

바른 인간 교육은 이미 물을 건넜고
맹모의 치맛바람도 무능하기 짝이 없으나
은혜와 감동의 말씀! 능력의 말씀이 있으니
의로 교육하여 하나님의 사람으로 온전케 하도다!

하늘이 열리고 신령한 세계가
사람 세상에 찾아 왔구나
신비로운 진리! 계시의 말씀이
어둡고 차가운 심령에 달려 왔구나

기도

당신은 너무도 좋으셔서 그토록 많은 기도를
오늘도 내일도 언제든지 기쁘게 들어주시는 분!
감사와 감격의 기도에서 넋두리의 소리까지
경청하여 여러 모양으로 응답해 주시는 당신!
오늘도 수없이 많은 인생들이 끝도 없이 반복하며
자신들이 만들어 놓고는 자신들이 깨뜨려버린
사연들을 꿰매어 달라고 기도해도 탓하지 않으시는
자비와 사랑이 넘치시는 분!
무지몽매한 인생이 기도의 삶 속에서
보고 싶어 해도 얼굴색 하나 변치 않으시고
만나 주심으로 은혜의 체험을 하게 하며
기도 속에서 주님을 모시고 동행하게 해 주시는 분!

세상에는 사랑하지 못할 사람이 따로 없다는 것
그러나 저 사람은 안 된다는 미움의 생각까지
지워버리게 하는 기도!
모든 것이 누구도 원망할 일이거나 탓할 일 아니요
미워하는 것은 자기를 증오하고 사랑하지 못하는
어리석음이며 하나님 앞에
자신을 죄스럽게 하는 것을 알게 해 주는 기도!

오! 주님! 금년에는 이런 기도를 하게 하소서!
더 많이 하게 하소서! 계속하게 하소서!
오! 주님! 제 무릎을 꿇려 주세요!

찬송

죄인의 찬송 받기를 기뻐하시는 하나님
진실로 감사하며 찬양합니다.

입술에 찬송을 두셔서 외로울 때 위로케 하시는
주님, 감사합니다.
마음에 찬송을 새겨서 고통스러울 때 힘 주시는
주님, 감사합니다.

심령에 찬송을 담으셔서 슬플 때 기쁨을 주시는
주님, 감사합니다.
영혼에 찬송을 주셔서 은혜 안에 잠기게 하시는
주님, 감사합니다.

언제나 어디서나 평생에 찬송이 끊어지지 않게
찬송으로 살게 하옵소서!

감사

언제나 베푸신 주님 사랑을 헤아릴 수 없어
감사를 마음에 새깁니다.

아직 죄인 되었을 때 구원하여 주셨고
자격이 없음에도 직분을 주시고
충성되지 못한데도 교회를 맡겨 주셨으니
만 입이 있은들 어찌 다 감사하리요!

하나님의 인도를 측량할 수 없어
몸 바쳐 감사드립니다!
믿음의 가정에서 태어나게 하셨고
주일학교에서 말씀으로 교육받게 하시고
어그러진 길을 행할 때도 성령으로 함께 하신 하나님
믿음으로 자녀를 낳고 기르게 하시니
장래에도 인도하실 줄 믿으며
내 생명 바치옵니다.
감사하신 하나님!

새해 아침

물 빛 마음속에서 마악 건져 올린
순수함이
미더운 마음속에서 불쑥 터져 나온
풍성함이
함초로이 고개 숙인 양지바른 바위틈에서
비춰진 따뜻한 마음이
한데 어우러져 주님의 사랑 이루는
새해 아침!

천사나래 펴고 우리를 에워싸고
성령님 은사의 선물을 가득 싣고서
우리를 향하시는 새해 아침!
믿음의 선배들 운동장 응원석 가득 메우고
일어서서 기립 박수를 보내고
주님 우리를 품에 안으시고 기도하시는
새해 아침!

현대인을 위한 기도

너무 느리거나 너무 빠른 것은 보지 못하는데도
두 눈으로 보이는 것만 보는 사람과
보이는 것만 아는 사람에게
영원한 것과 감추어진 것을
볼 수 있는 영안을 주옵소서!

너무 크거나 너무 작은 소리는 듣지 못하건만
두 개의 귀로 들리는 것만 듣는 사람과
들리는 것 말고는 없는 줄 아는 사람에게
하늘의 소리와 마음의 소리를
들을 수 있는 열린 귀를 주옵소서!

너무 짜고 쓰고 맵고 시고 달면 맛을 모르건만
세 치 혀로만 느끼고 사는 사람과
느낀 대로만 말하는 사람에게
더 가치 있고 더 맛있는
은혜의 맛! 사랑의 맛을 주옵소서!

하나님 주신 것

자신의 재주를 믿는 멍청한 인생아
그것은 하나님이 섬기라고 주신 달란트라네!
자기의 주먹을 믿으라는 미련한 인생아
그것은 하나님이 창조하신 봉사하라는 손일세!
모은 재산을 의지하는 어리석은 인간아
그것은 하나님이 베풀라고 주신 축복이네!
높아진 자리에 만족하는 바보 같은 인간아
그것은 높은 분 하늘에 계심을 알라는 은혜일세!

하나님 나에게 꽃을 보고
감동할 수 있는 섬세한 마음을 주셨네!
주님 나에게 사람들 마주치면
미소 지을 수 있는 따뜻한 심령 주셨네!
하나님 나에게 푸르른 나뭇잎에서
생명을 보게 하는 지혜 주셨네!
자연을 보고, 세계를 보고, 사람을 보면서
하나님을 알 수 있는 참 좋은 믿음 주셨네!

순례자

동이 트는 새벽 끝에서
무릎으로 시작하는 하늘을 향한 기도에 눈물이 내린다.
신선한 내음이 가득하다.

태양이 찬란한 아침에
맨발로 시작하는 사랑의 순례에 이슬이 내린다.
소망의 소리가 벅차다.

해바라기도 조는 정오에
커다란 목소리를 외친다.
"예수님을 마음에 모시라고"
땀방울이 내린다. 기쁨의 노래가 들려온다.

땅거미 엄습하는 저녁나절에
핍박과 조롱, 또 침 뱉음이
핏빛 황혼이다. 선혈이 내린다.
고난의 숨소리가 넘실된다.

하늘도 끝이 난 깜깜한 밤
순례자는 쓰러진다.
주님의 품안에 별들이 내린다.
안식의 숨소리가 아름답다.

사랑하게 하옵소서

황량한 들판에서도 사랑하게 하옵소서.
사막의 한 복판일지라도
사랑을 노래하게 하옵소서.
밀림 속에서 길을 잃고 헤맬 때도
사랑을 잃지 않게 하옵소서.
파도만이 넘실대는 끝없는 바다에서도
사랑을 버리지 않게 하옵소서.

생존의 아귀다툼이 피를 토하는
도시 속에서도 사랑하게 하옵소서.
사랑이라면
안 될 것이 없다는 마음으로
사랑하게 하옵소서.
사랑이라면 모두 끌어안고
함께 갈 수 있다는 확신으로
사랑으로 살게 하옵소서.

부르심

죽음보다 더 무더운 고통 속에 찾아온 음성!
숨을 수도 피할 수도 없었습니다.

이 길이 아니고도 섬길 수 있다는
고집을 가로막고 선 음성!
떠날 수도 모른 척 할 수도 없었습니다.

도시의 불꽃을 삼키며
불나비가 되고 싶습니다.
사람들의 인기를 먹으며
장미처럼 살고 싶습니다.

눈부신 사랑 쏟아지는 햇살 엎드러진 나

부르심 앞에 무릎을 꿇고
구름처럼 바람처럼 풀꽃처럼 촛불처럼
소명안에 살겠습니다.

회심

어두움의 그림자는 흔적도 없는
밝음의 한 가운데 서 있건만
어두움이 짓눌러 몸은 땅 속으로 가라앉고
마음은 비틀거립니다.

겸손은 가면이고 직분은 허울이며
믿음마저 때론 가식이었습니다.
대접 받으려 위선과 손잡고
믿음 좋다 말 들으려 거짓과 함께 했습니다.

오! 사랑의 예수님!
십자가의 사랑으로 허울과 가면과 가식을
녹여 주시옵소서!
마음을 고쳐 세우고 눈물로 영혼을 씻습니다.
용서하옵소서!

말씀

수천 년 세월의 뒤바뀜 속에서
변함없이 살아서 움직인다.
숱한 이야기들 한 가득 품고서
진리를 숨김없이 모두 쏟아 놓는다.
무수한 인생들 영욕의 그림자 속에서
새로운 생명의 초록빛을 만난다.

그 때 그 사람들 지금은 없지만
똑같은 인생 예 있으니 말씀하신다.
심령의 밭에 생명의 싹을 틔우며
오늘도 심장 속에서 고동치는 소리를 듣는다.
영혼의 강에 당신의 숨소리로 물살 헤치며
밀려오는 구원의 파도를 맞는다.
삶의 텃밭에서 막 뜯어낸 싱싱한
푸성귀 같은 현실을 사는 지혜를 건진다.

오 주님! 오늘도 말씀하여 주옵소서.
오 하나님! 생명의 말씀을 들려주소서!

회개

하늘도 빛을 잃었고 초목도 기운이 없습니다.
모든 것이 허물어지고 마음은 무겁고 캄캄합니다.
아직도 뼈 속 깊이 자리한 무수한 죄악들이
도무지 떠날 줄을 모르고 우글거립니다.

오! 하나님!
무너진 어깨를 매만지사 흐느끼는 가슴을 주시고
애통하는 마음을 주옵소서.
진실로 회개합니다. 피를 토하듯 회개합니다.
"그럴 수도 있지 않습니까?"
"다른 사람도 다 그러는데"
"그 정도는 별것 아닌데"
"옛날에도 그랬는데"
하면서 반복하던 죄를 회개합니다.

내 안에 모든 막힘과 내 삶에 온갖 고통은
모두 모두 죄 때문입니다.
오! 예수님! 십자가로 오신 주님!
일으켜 세우소서. 영안을 뜨게 하사
새 하늘을 보게 하옵소서.

회개기도

왜? 그렇게 살았는지...
거들먹이며 고요의 진수를 모르고
교만으로 산 삶을 고백합니다.

왜? 이렇게 행했는지...
다 할 수 있다고 하늘의 능력도 잊은 채
오만으로 산 죄를 회개합니다.

왜? 그렇게 큰소리쳤는지...
제 세상인 양 주님의 사랑도 모른 채
독선으로 먹칠한 생을 자백합니다.

왜? 이렇게 생각했는지
아무도 안중에 없이 하나님 지혜도 뒷전인 채
아집으로 살아온 죄를 회개합니다.

오! 주님! 하나님 뜻을 알게 하옵소서!
십자가를 바라보며 겸허히 무릎 꿇습니다.
용서의 은혜를 내리어 주옵소서!

참된 믿음

불신과 미움으로 욕망의 노예와 죄의 포로가
되게 하는 세상바람이 불어와도
참된 믿음은 모든 것을 열어 놓습니다.
아무 것도 보이지 않고 잡히지도 느낄 수도 없는
심령에 가득한 불안과 공포 속에서도
참 자유와 새 생명이 넘치는 소망의 빛이
주님! 당신을 믿는 믿음에서 오는 줄 믿습니다.

오 주님! 오늘도 당신은 우리의 어쩔 수 없는
행위를 보려 하시지 않고 우리의 마음에 담긴
참된 믿음 보시기를 그렇게 원하셨습니다.
죄로 철철 넘치는 가능성 없는
인생을 십자가 사랑으로 구원하셔서
이 길만이 우리의 죄를 시나브로 사라지게 함을
믿는 이들을 구원하신 주님임을 믿습니다.

아름답고 신선한 충격! 영원한 능력!
풍성한 기적! 믿는 자의 아름다운 무기!
그것은 오직 믿음! 믿음! 뿐입니다.
여자여 네 믿음이 너를 구원하였도다.

의인은 믿음으로 말미암아 살리라
믿음이 없는 세대여, 믿음 없는 자들아~
이 만한 믿음을 만나 보지 못하였느니라.

오! 주님! 믿음 주옵소서!

은혜의 선물

아스라이 스러져가는 망각의 도시!
잊혀진 삶의 뒷골목!
혹하는 입김에 날아갈 것 같은 메마른 모든 것들 위에
은빛도 영롱한 생명이 살포시 내려와 나래를 접는다.
언제 그랬느냐는 듯이 도리질 치며
주먹을 불끈쥐고 차라리 이것을 믿겠다는 군상 속에
나마저 믿을 수 없다고 장벽을 쌓는 불신의 숲속에
나무들이 무너지고 곧은길이 열린다.

허망한 것들이 소망처럼 둔갑을 하고
꽃을 피우고 향기를 만들어 내도
이미 도끼는 나무뿌리에 놓여
참되고 바른 믿음을 부른다.
아무도 무엇도 진리는 아니다.
세상에 진리인 양 존재하는 모든 것은
아지랑이 같은 봄날의 꿈이다.
오로지 한 분! 그 분만이 진리이시다!

그 이름 예수! 부르는 자는 구원을 얻으리라!
그를 믿는 자는 영생을 얻으리라!
믿는 자는 이 산을 들어 저 바다에 던지리라!
믿으면 아버지 하나님의 영광을 보리라!
믿음! 믿음! 은혜의 선물!
우리에게 믿음 없음을 보시고 믿음을 주셔서
십자가 사랑 앞에 서게 하시네!
믿음만이 담대히 보좌 앞에서 나가게 하네.

믿음은 하나님 나라를 기업으로 받으며
믿음은 하나님의 자녀 되게 하리라!
믿는 자는 그 배에서 생수의 강이 흘러나리라.
오직! 의인은 믿음으로 말미암아 살리라! 아멘!

교회

누가 이토록 가슴 저민 작품을 만들었습니까?
어디에 이처럼 눈물을 어리게 하는 감동이 있나요!
언제나 우리 곁에 정겹게 다가 왔습니다.
그것은 주님의 산고 속에 태어난 옥동자입니다.
세상 바닥에 한없이 널부러진
셀 수없이 많은 단체들 속에 비교될 수 없는
그리스도의 피로 이루어진 사랑의 공동체!
그 누구도 해칠 수 없는 영혼의 공동체입니다.

물론 여기엔 고뇌의 신음소리도 있습니다.
배반과 배신의 늪에서 시험에 빠지기도 합니다.
세상의 온갖 찌끼 같은 것들이 온통 휘저을 땐
모두 다 정신들이 나갈 때도 있습니다.
그러나 주님이 피흘려 세우신 교회입니다.
보혈로 정결케 되고 맑고 밝게 됩니다.
누구도 말릴 수도 막을 수도 훼방할 수도 없습니다.
주님의 교회는 주님 오실 때까지 영원합니다.

교회는 천국의 모형이며 그림자입니다.
우리는 교회의 지체들입니다.
우리 모두 사랑으로 한 마음을 이룹시다!
교회여 영원하라! 강림교회여! 영원하라!

영혼의 노래

혀끝이 아리도록 입술에 서린
쓰디쓴 한숨들을 몰아 던진다.
휑한 바람이 사정없이 휘저어
공허한 생각마저 비틀어 놓는다.
진실한 마음도 담겨 있지 않은
그래서 가시가 돋아버린 죽은
소리들을 뱉는다.

어디선가 하늘곡조가 쏟아지고
빈 바구니 안에 행복이 담기듯
영감 넘치는 노래가 들려온다.
영혼이 꿈틀거리고 한숨이 쫓겨 간다.
마음이 살아나고 공허함이 물러간다.
심령의 소리로 노래하네
생명의 찬송이 울려나네
영혼으로 송축하고 송축하네

하나님께 주님께 성령님께
한없는 영광을... 한없는 영광을...
죄인을 살리네! 인생을 살리네!
찬송하고, 찬송하고, 찬송하세!
날마다, 영원히 찬송하세!

주님 생각

고운 바람, 얼굴을 간지르면 살며시 고개 돌립니다.
그윽한 미소로 다가설 것 같은 주님 모습 그립습니다.

파아란 하늘 드높고 이상한 구름 피어 오르면
두 팔 벌리신 주님, 찾아오실까?
마음 설레입니다.
붉게 물든 단풍이 아름답게
불타오르며 깊어가는 가을 속으로
찬송을 부르며 걸어가면 주님 만날까 소망합니다.

따뜻한 남쪽나라 찾아
철새가 떠나간 낙엽진 호숫가에서
갈릴리 호수의 주님 생각하면서 마냥 걸어봅니다.
언제나 그리고 어느 곳에서나
자나 깨나 주님 생각하면서 기도하며 살게 하소서!
다시 오실 주님 그리워합니다.

회개의 눈물

시커멓고 암담한 이 죄인! 이 죄인!
고개를 들 수 없는 이 죄인!
머리 들어 주님 보게 하소서
아버지! 아버지!
부르고 부르오니
주님 영광 보여 주소서
이 마음 죄악을 씻어 주소서
아득하고 검은 마음
주님만 아십니다.
주여! 주여!
부르고 부르오니
주님! 긍휼 허락하여 주소서
할렐루야! 아멘! 아멘!
할 수 없는 이 죄인 살리시니
고맙고 감사합니다.
영광 받아 주소서! 영광 받으소서!

성탄 전날 밤의 기도

모질게도 끈질긴 숨을 몰아쉬며
구멍 뚫린 판자 울타리 안쪽에서 나는 기침소리
한숨 소리가 길다 못해 속으로 들어가
가슴에 멍이 되어 방황하는 길거리 여인
순진함도 애써 벗어 던지고 험한 말을
뱉어내어 더 악하게 보이려는 청소년
양심 속에 방망이질 치는 갈등을 부둥켜안고
이상과 현실에 번민하며 고뇌하는 지성인

이들에게 아기 예수님이 필요합니다!
아기 예수님이 오셔야만 합니다!

오셔서 새 소망을 주소서!
오셔서 새 옷을 입히소서!
오셔서 새롭게 하소서!

멀리서 어린이들의 찬송소리가 들립니다.
"기쁘다 구주 오셨네! 만백성 맞으라!"

교회를 위한 기도

마음을 끓고 정성을 조아려
주님께 기도합니다.
눈을 들어 피로 세우신 교회를 돌아보소서!
이리떼들이 헐었고 사자들이 움켰습니다.
양들을 지킬 힘이 없습니다.
역부족입니다.

교회의 머리되신 주님! 교회의 주인이신 주님!
신실한 종들을 도우소서!
교회를 지켜 주옵소서!
교회가 살아야 사람이 살고
교회가 지켜져야 자녀가 삽니다.

가슴을 찢으며 마음을 조아려
주님께 기도합니다!

약속

그대 눈물이 떨어져
대지를 적시고 고통을 밀어낼 때
두 팔을 힘껏 벌리고
진실한 위로와 사랑으로 감싸오리다.

그대 한숨이 쏟아져
들풀을 흔들고 슬픔을 토해낼 때
온몸을 던져 울타리를 만들고
옥토를 이루어 사랑으로 꽃을 심으오리다.

그대 얼굴에 그림자
드리워져 어두움의 소리가 쏟아질 때
심령에 불을 붙여
빛으로 맑음으로 환하게 밝히오리라.

그대 인생에 은빛 영롱함이 빛나고
그대 삶이 주님 앞에 새롭게 설 때

그대 마른 어깨에 지친 몸을 기대고
하나님 주시는 영원한 기쁨을 맛보리라!
예수님 주시는 최고의 안식을 취하리라!
성령님 주시는 풍성한 감동을 느끼리라!

영혼의 탄원

검은 구름이 온 천지에 가득하고
비바람만이 세차게 휘젓습니다.
세상이 캄캄하고 모든 것이 무너지며
진실마저 괴멸되어 스러져갑니다.
허망과 사특함이 요동하고
죄악과 악독함이 둥지를 틀었습니다.
긴긴밤을 뜬눈으로 지새우나
그 누구에게도 빛은 없습니다.
그 어디에도 어두움뿐입니다.

오! 하나님!
내 영혼이 탄원합니다.
여호와 하나님만이 빛이십니다.
내 영혼을 칼에서 건지소서!
내 영혼을 흑암에서 살리소서!
내 영혼을 소성케 하소서!
하나님만이 영원하신 생명이시며
여호와만이 구원의 산성이시며
주님만이 참사랑의 구주이십니다.

오! 하나님!
내 영혼이 탄원합니다.
여호와 하나님만이 진리이십니다.
내 영혼을 올무에서 자유케 하소서!
내 영혼을 음부에서 탈출케 하소서!
내 영혼을 승리케 하소서!
하나님만이 의로운 재판장이시며
여호와만이 내 영혼의 방패이시며
주님만이 진정한 목자장이십니다.

님의 은혜

먹구름이 온 하늘을 가리우고
며칠씩 뿌려대며 심통을 부려도
님의 은혜 앞에 꼼짝없이
청명한 하늘을 되돌려 놓는다.
물 먹은 솜처럼 천근만근 걸머지고
고난의 파도를 넘나들다 쓰러져도
님께서 다가와 살며시 손 내미실 때
죄악의 덩어리 용서 받고 가볍게 나르네
손 끝에 묻어나는 꽃가루처럼
님의 은혜 값없이 나누어 주면
창백하게 여윈 얼굴이 붉게 물들고
장미꽃보다 환한 미소가 피어난다.

님께서 개의치 않고 지신 십자가!
그 은혜! 내 가슴에 살아 있음에
님의 은혜! 언제라서 잊을손가?
그 나라 가기까지 잊지 못하리!

님의 은혜! 님의 은혜! 님의 은혜!
먹고 사는 사람, 아니 먹어야만 사는 사람
오늘도 당신님의 은혜로 숨을 쉬며
내일도 예수님의 은혜로 살리라!

새 생명

목숨!
그것은 처절하다 못해 아름답다.
맥박!
그것은 심장의 고동 나팔이다.
호흡!
그것은 멈출 수 없는 사랑의 내음이다.

잠들면 안 되는 줄 알면서도
모두들 그렇게 깊게 깊게 잠들었다.
그래서 하늘아래 생명은
한결 같이 그렇게 바람이 되었다.
어떤 이는 꽃이 되고 싶어 했으나
바람이 되어 다 한 곳으로 날아갔다.

중생!
새 생명으로 태어나는 사랑의 테마이다.
거듭남!
새 생명으로 변화되는 영생의 전주곡이다.
새 생명!
하나님이 친히 빚으시는 걸작품이다.

아시는지요? 느끼시는지요? 믿으시는지요? 체험하시
는지요?
지금 오셔서 영접하세요! 서둘러서 좋습니다!
주님께서 새 생명을 부어 주십니다.

연보(헌금)

고사리 손으로 드리는 유치부의 예물도
혈색도 건강한 청소년이 바치는 헌금도
마디마디가 굵어지고 굳은살이 박힌 장년부의 연보도
쌈지 속에 숨겨진 것을 드리는 노년성도의 정성도
모두모두 기쁘게 받으시는 하나님!
귀하게 인정하시며 받아주시는 하나님!
참 감사합니다!

하나님이 무엇이 없어서 우리의 것을 받겠습니까?
하나님이 어떤 것이 부족해서 달라하실까요?
보물이 있는 곳에 우리 마음이 있는 것 아시고
우리 마음과 우리 심령을 받으시기 원하셔서
어쩌면 인생의 온갖 냄새가 배인 물질인데도
더럽다 추하다 하지 않으시고 흠향하시니
참 감사합니다.

세상 사람들은 이것 때문에
미워하고 토라지고 원수 맺는데
아니 죽이고 살리는 무서운 일을 서슴치 않는데
우리에게는 기쁜 마음으로 드리게 하시니

성도에게는 감격한 마음으로 바치게 하시니
인색함 없이 진정 자원하는 마음으로 봉헌하게 하시니
참 감사합니다.

오! 주님!
이 연보 쓰이는 곳에 주 이름 증거 되게 하소서!
이 헌금 가는 곳에 하나님 사랑 묻어나게 하소서!
죽어가는 영혼, 지치고 상한 심령, 살려내게 하소서!
원래 하나님 것이었던 것을 드렸을 뿐이니이다.
진정한 청지기의 겸손을 배우게 하소서!
주님 앞에 설 때마다 빈손 보이지 않게
힘 있는 손으로 축복하소서!

예수님의 십자가

호산나! 호산나! 외침 속에 숨겨진 십자가!
그 누가 보았는가? 그 누가 아는가?
군중의 흥분 속에 제자들도 몰랐네.
나귀를 타신 예수님은 아시면서도
십자가를 지러 가시는 그를 보라!

가야바의 뜰에서도 빌라도의 법정에서도
볼 수 있는 사람은 없었네.
배신의 바람만이 회오리치고
아무도 아무도 보지 못하네.

가시관에서 흐르는 선혈
채찍에 묻어나는 살점 침뱉음의 조롱
골고다로 가는 길에 쓰러지는 주님
심령은 캄캄하여 사랑의 십자가 보지 못하네.

해골 언덕에 십자가를 세우면서도
하늘을 찢는 고통의 신음소리 들으면서도
모르네 정말 모르네
그러나 한 사람이 보았네 "나를 기억 하소서"

"네가 오늘 나와 함께 낙원에 있으리라!"
당신은 아는가? 보는가?
사랑의 십자가! 구원의 십자가!

주님의 교회

세상에서 허다한 사람들이
허망한 것을 위하여 모이나
교회에는 영원한 것을 위하여
구원 받은 주의 자녀가 모입니다.
모든 것을 거저 주시는 주님께서
교회만은 피 흘려 값으로 사셨으니
그 사랑을 누구라서 막으며 끊을 수 있겠습니까?
교회는 성도들이 교회이니 건물보지 말고
중보기도와 베푸는 사랑으로
성도들을 서로 서로 섬깁시다.

교회는 성도가 주인이 아니요
예수님이 주인이시니 사람보지 말고
우리를 위해 구원의 십자가를 지신
주님만 바라보십시오.
교회의 기둥과 터는
하나님의 말씀인 진리뿐이니
어리석고 미련한 것에 유혹받지 말고
오직 바른 말씀만 붙잡고 삽시다!

주님 오시려나

하늘은 칙칙하고 검은 짐을 이고 내려앉아
하루 종일 비를 뿌리는 을씨년스러운 해질녘입니다.
황당한 일들이 한꺼번에 밀물처럼 몰려와서
가슴마저 차가워 한기를 느끼는 저녁나절에
자상하신 주님의 따뜻한 손길이 생각납니다.

갓 피어난 꽃들을 시샘하듯 심술궂은
비바람은 모질게도 꽃가지를 사정없이 흔들고
창문까지 뒤흔들어 옅은 잠을 깨웁니다.
엎치락뒤치락 뒤척이다 무릎을 꿇고
감람산에서 피눈물로 기도하시던 주님 생각합니다.

지나온 삶이 모래성처럼 부서져 내리고
회한의 그림자만이 무겁게 드리우며
지나온 자욱마다 한 아름씩 눈물이 고입니다.
후회 막심한 순간순간이 겹쳐지며
항상 찾아 계셨던 주님이 사무치게 그립습니다.

한 밤이 소리도 없이 유성처럼 흐르고
육신은 물먹은 솜이나 새록새록 정신은 맑아지고
뻥 뚫린 빈 가슴이 자꾸만 자꾸만 저려옵니다.
조롱과 치욕의 침 뱉음까지 안고 가신
골고다 십자가의 주님을 생각합니다.

새벽 닭 울음소리가 떠오르는 태양 속에
숨어들고 새로운 날이 밝아 왔습니다.
부활의 주님이 찾아오시려나?
허해진 마음 설레며 창문을 엽니다.
오! 부활의 주님! 생명의 주님! 오시옵소서!

어머니의 기도

비가 오나 눈이 오나 바람이 부나
쉬지 않으시고 변함없이 무릎을 꿇으시는 어머니
아니 그런 날일수록 더욱 오래 기도하셨지…
사랑의 기도! 눈물의 기도! 인내의 기도!
어머니의 기도는 자녀들 가슴 속에 뿌려졌고
하늘나라 보좌에 한그득 풍성하였네!
수없이 찾아드는 기도가 있지만
주님은 항상 어머니의 기도를 맨 위에 올려놓았네.

아들을 위해 딸을 위해 하염없는 세월을
밤낮없이 기도로 지새우시던 어머니
아니 일부러 잠이 없으셨던 어머니
지금은 카네이션 꽃을 달아드릴 수도 없이
눈시울만 뜨겁고 마음만 미어지누나.
애정어린 기도! 필사의 기도! 생명의 기도!
어머니의 기도는 귓전도 생생하게 아직도 들려오네.
주님나라에서 기도 하고 계신 어머니!

어머니의 기도는 효험이 강해
어머니의 기도는 능력이 넘쳐
어머니의 기도는 응답이 분명해
딸이나 아들이나 모두 믿음으로 성장했으며
손주들까지 신앙으로 자라는구나
목사도 장로도 집사도 나왔으니
어머님은 아니 계셔도 어머님의 기도는
피어났네! 피어났네! 열매 맺었네! 열매 맺었네!

주님의 고독

준비 없이 기다리기만 한 어리석은 이스라엘 군중들
마굿간 말구유에 쓸쓸히 누우신 아기 예수님!
서슬퍼런 미련한 헤롯의 무지막지한 살인 명령
떠나가는 멀고먼 애굽으로의 외롭고 쓰라린 여행

들뜬 명절 뒤끝 예수를 잃은 채 고향을 향하는 사람들
홀로 진리를 가르치며 설파하시던 성전 안의 예수님!
허물어질 수밖에 없는 욕망에 신음하는 유다백성
광야의 시험을 혼자서 싸우셔야 했던 고독의 예수님!

권력의 하수인 종교의 위선자 허울 쓴 민족주의자들과
고독한 생명의 외침을 투정 없이 감당하신 예수님!
육신의 배부름만을 위해 따르던 무리가 돌아가자
"너희도 가려느냐?"고 슬픈 외마디를 던지신 주님!

배신의 잔을 던지며 떠나던 가롯유다의 밤에도
담담히 사랑의 잔을 높이 드시고 말씀을 이으시던 주님!
그렇게도 죽지 마시라고 애원하던 제자도 졸던 밤
고독의 잔을 아버지 뜻이라면 받겠다는 피땀어린 절규

자신 있게 함께 죽겠다던 제자들은 모두 도망갔는데도
저들을 사해 달라고 기도하시고 운명하신 주님!
가장 고독한 생애 고독한 삶 고독한 싸움 고독한 죽음은
우리를위한 고독이기에 우리의 고독은 사치이리라.

새해 아침의 기도

새해 아침이 더없이 깨끗합니다.
새해 아침이 한없이 뜨겁습니다.
세차게 불어오는 북풍도 겁이 나지 않고
매섭게 얼어오는 한설도 별것 아닙니다
힘 있게 솟아오르는 저 태양보다
마음속에 타오르는 열망이 더 뜨거워
온 세상 대지를 후끈 달아오르게 합니다.

목청 높여 소리 높여 노래하고 싶습니다.
평화의 노래를 사랑하는 노래를…
어둡고 차갑고 암울한 지구상에
사랑과 평화가 어우러져 춤추도록
노래하고 또 노래하고 싶습니다.
그날이 오기까지-
사람마다 마음마다 평화의 나무를 갖도록
마지막까지 버티며 안타깝게 하는
내 사랑하는 조국 북한 땅에
그리고 카리브해의 쿠바 땅에
배고픔을 움켜쥐고 신음하는 아프리카에
복음을 모르고 죽어가는 중국과 아시아의 회교권에
복음의 기쁜 소식이 두루 퍼져야 합니다.

창조주 하나님께 새해 아침 기도합니다.
죄인들이 예수 믿고 구원 받는 금년 되게 하소서!
모든 성도가 충성하며 살게 하소서!
주의 자녀들이 열정적인 믿음으로 행케 하소서!
교회마다 진리위에 서서 하나님 나라만 전케 하소서!
뜨거운 가슴으로 불타는 심령으로 사랑의 마음으로
기도합니다! 꼭 그렇게 축복하소서!

고통 중에 감사

환란이 밀물처럼 쏟아져 듭니다.
고난이 성난 바람처럼 휘몰아칩니다.
어려움이 눈보라처럼 매몰찹니다.
고통은 멈출 줄 모르고 찾아옵니다.
시련은 사정 주지 않고 엄습합니다.
괴로움은 모질게도 평생을 떠나지 않습니다.

죄악 중에 출생한 까닭입니다.
말씀을 거스려 자라난 때문입니다.
기도 없이 내 뜻대로 산 것이지요.
죄를 먹고 마시면서 회개하지 않았구요.
기뻐하고 찬송하며 살지 못했거든요.
감사하며 전도해야 하는데도 불구하고...

오! 사랑의 주님! 그러나 감사합니다.
고난을 통하여 나를 빚으시는 당신의 손길과
환란을 인하여 나를 세우시는 여호와를 봅니다.
불같은 어려움이 시련이 나를 쓰시려는
과정인 것을 이제야 알았음을 고백합니다.
고통 중에 감사! 역경 중에 감사하게 하소서!

하나님의 사랑은

어찌 그리 깊은지요?
바다보다 깊어서 우리의 큰 죄악을
깊은 바다에 던지므로 보이지도 않습니다.

어찌 그리 넓은지요?
하늘보다 넓어서 모든 사람을
누구든지 용서하시므로 헤아릴 수도 없습니다.

어찌 그리 높은지요?
산보다 높아서 생명까지 내어주신
하나님 사랑은 귀하기만 합니다.

어찌 그리 큰지요?
땅 끝에 지렁이 같은 인생도 거두시니
하나님 섭리는 신비하기만 합니다.

어찌 그리 긴지요?
나그네길 생명이 영원 세계를 향하니
인도하시는 그 손길을 측량할 길 없습니다!

부활의 새벽

배반의 잔도 받으시고 배신의 떡도 거두시며
보혈의 피로 생명의 떡으로 바꾸신 주님!
미움과 죄악의 강을 건너오신 주님!
용서와 사랑으로 세상을 이기신 주님!
죽음도 마다않고 생명의 길로 가신 주님!
아침 안개가 채 깃들기도 전
꼭두새벽에 주님을 찾아갑니다.
마리아처럼 무덤을 향해 옵니다.
손에 아무 것도 든 것이 없으나
부활의 주님 뵙고 싶어 새벽을 가릅니다.

천근만근 무거운 심정이 겨워
사망권세 깨뜨린 주님을 만나야 합니다.
피 묻인 손이 송두리째 싫어져
죽음권세 이기신 주님을 만지고 싶습니다.
새벽공기가 아무리 차가워도…
고요와 적막까지 숨을 죽인
새벽 미명에 주님을 찾아왔습니다.
주님! 부활의 주님! 생명의 주님!

이 죄인을 거두어 주옵소서!
새 생명으로 부활의 감격으로 채워주옵소서!

성령 충만

메마른 대지 불타는 들녘
목 타는 초원에 흩뿌리는
촉촉한 단비처럼
먼지 푸석한 우리들 가슴에
성령의 단비를 충만히 부어주소서!

오순절 마가의 다락방에서
한마음 한뜻으로 말씀에 붙잡혀
기도할 때 찾아오셨던
성령님이여 지금 오셔서
멍 뚫린 우리들 영혼을 가득 채우소서!

초대교회 성도들
사도의 가르침을 따라 순종하여
날마다 성전에 모이기를 힘쓸 때
찾아와 흠뻑 젖게 하셨던 성령님
가시 돋힌 심령을 녹아지게 하소서!

세상의 때에 찌들고
허위와 가식으로 옷 입고도
알지 못하던 무딘 마음을 녹이사
성령 충만으로 새롭게 눈뜨고
주님을 다시 보게 하소서!

이곳저곳 철새처럼 머물며
헌신도 인내도 없는 신앙생활로
상처만 가득한 거친 얼굴이
성령 충만으로 햇빛처럼 되어
미소를 나누어 주게 하소서!

사명

사람은 무엇을 가져야 합니까?
인간은 왜 사는지요?
인생은 어떤 일을 할 때 보람이 있나요?
주님의 자녀는 어떻게 살아야 합니까?
성도는 어떤 삶에 투자하나요?
하나님나라 백성은 어디에 생명을 겁니까?

사람이면 생각해야 하고 인간이면 가야할 길!
인생이면 꼭 살아야 할 삶!
주님의 자녀라면 진리를 위해 숨 쉬어야 하고
성도라면 하나님의 영광을 위해 살아야 하고
천국백성이라면 찬송과 기도로 말씀을 전파하는

아! 주님이 친히 보여 주신 사명의 길!
아! 하나님이 명령하신 사명의 길!
숭고하면서 장엄하고 아름다운 사명의 길!
이 사명 위해 물질과 명예도 걸고
목숨까지 걸고 죽어야 하리라!
아니 이 사명 위해 살아야 하리라!

여름 밤의 기도

하릴없는 사람처럼 밤하늘의 별을 바라보며
주님을 찾아갑니다.
어릴 적엔 소원이 여름밤의 별같이 많았는데...
지금은 죄악이 그렇습니다.

베드로의 통곡이 들려옵니다.
배신의 늪에서 헤어나 울부짖을 때
닭 울음소리마저 삭아들고
주님 음성이 찾아듭니다.
풀벌레 소리가 촉매되어
심신을 녹이듯 주님의 말씀이
이 밤을 무릎 꿇게 합니다.
오! 주님!
새롭게 빚어 주옵소서!

새벽 기도

어두움이 미처 빠져 나가지 못하고
골목을 서성거릴 때
옷깃을 세우며 잰걸음을 걷는다.
새벽공기 서늘함도 뜨거운 가슴을
어쩌지 못하고 부스러진다.
모두들 잠들어 있는 새벽이
마치 죽음의 그림자가 길게 누어있는 것 같다.

누가 깰세라 살며시 예배당 문을 열고
은밀히 주님을 만난다.
기도의 여행을 떠나는 시간
아무도 없으나 외롭지가 않구나.
아쉽고 모자랐던 기도의 제목들을 쏟아놓고
기분 좋게 찬송을 부른다.

성탄절의 기도

죽은 그림자도 아랑곳 없이
고고한 음성으로 죄악의 잠을 깨우신
아기 예수님!

평화의 밤! 별들이 빛나는 고요의 밤!
사랑의 세상을 위해 달빛처럼 찾아오신
아기 예수님!

지금 오셔서 허망한 머리
멍 뚫린 가슴 시린 손
저는 다리를 고쳐주옵소서!

지금 오셔서 전쟁으로 상처난 지구촌을
미움과 애국심으로 갈라진 나라들을
배고픔과 질병에 시달린 인생을
구원하옵소서!

손길

아픔으로 골진 마음에 조용히 찾아드는 손길
위로의 감격이 온 몸을 전율하며 기쁨이 충만하네!
피멍 진 가슴사이로 살며시 스치는 손길
아무도 모르지만 고통은 씻은 듯 사라지고
맑은 하늘 보이네!

삶의 그늘진 주름에 보드랍게 다가온 손길
지나온 세월마저 잊고서 무릎 꿇고 두 손 모으며
감사로 풍성케 하네!
생활의 어두움 속에 힘차게 날아드는 손길
까마귀 입에 문 사랑 일용할 양식으로 채우심을
찬송으로 영광돌리네!

언제나 따뜻한 손길 어디서나 고마운 손길
벗어날 수 없는 손길
여호와 하나님의 보호의 손길
우리 주 예수님의 사랑의 손길!

감사의 계절에

가을비는
여름에 쏟아지는 장마가 아니다.
나뭇잎을 촉촉이 적셔주는 자작함이 좋다.
가을 나뭇가지는
겨울의 푸석함이 없다.
옹골자리만큼 풍성한 열매들이 가득하지 않는가?

가을 사람들은
봄날의 푸석함이 없다.
검붉게 그을고 알맞은 거칠음에서
가을 냄새가 난다.
가을 교회는
다른 계절에 넘치는 풍족함이 있다.
가을 보름달만큼이나 마음의 여유가 있다.
농부의 미소처럼 만족하는 감사가 있다.

녹슨 빗장을 벗겨내고 한가득 채운
곡간처럼 풍만하다.
우리 모두 입을 모으자!
소리를 내자! 찬송하자!
감사하자!

성령님이시여

마음이 메말라 눈물마저 흐르지 않을 때
오셔서 회개의 눈물을 주시고
교만이 넘쳐흘러 앞을 보지 못할 때
오셔서 말씀으로 깨우쳐주시고

욕망이 산처럼 솟아나 갈 길을 잃었을 때
오셔서 진리의 길로 인도해 주시고
힘든 세파와 시험 가운데 지쳐 넘어졌을 때
오셔서 하나님 사랑으로 위로해 주신

성령님이시여!
감사합니다.
찬송합니다.
언제나 내주하여 주옵소서!

십자가와 부활

찬란한 부활의 아침을 열기 위해
그렇게도 모진 골고다의 아픔이 짓눌렀고
대낮보다 더 밝은 새날을 주시기 위해
백부장마저 거꾸러지는
갈보리의 어두움이 천지를 가두었다.
십자가 없는 부활은 의미도 가치도 없을 진데
해골의 언덕을 넘지 않는 부활이야 일고의 여지도 없다.
그러나
십자가 죽음이 제 아무리 높고 성스러워도
부활이 없었다면 한낮 죽음뿐이다.
세상 성인의 죽음이 그렇듯이
부활 없는 죽음은 죽음 그 자체 일뿐
아무 것도 아니다.
십자가, 죽음의 강을 건너시고
부활의 하늘을 여신 주님만이
우리를 위해 죽으심이며 모두를 위한 살으심이다.

하나님의 말씀

하늘로부터 세상으로 내려온 하나님의 말씀
듣지 않는 자는 죽으나
믿는 자는 영생을 얻으리라!

사람 사는 곳에 말이 많으나
모두 모두 소리인 것을 뉘라서 알리요마는
양들은 목자의 음성을 알리라!

귀로 듣는 것은 세상의 교훈이나
마음으로 듣는 것은 진리인
영원한 하나님의 말씀이로다!

큰 믿음 원하고 놀라운 은혜 사모하는 이여
말씀에서 영생을 얻는 줄 깨닫고
말씀을 상고하며 하나님 말씀 중심으로 삽시다!

자비의 하나님

아직 죄인 되었을 때 우리를 부르시고
그 넓은 가슴에 안으신 자비의 하나님
진심으로 감사합니다.

죄악 속에 있을 때에도 우리를 향하신
희망의 불을 끄지 않으신 자비의 하나님
마음 다해 충성합니다.

세상과 악의 세력이 송사를 해 와도
꿈적도 않으신 채 우리만을 믿어 주신
자비의 하나님
소리 높여 찬양합니다.

예수 그리스도를
죄인들을 위해 대신 내어 주시고
죄없다 선언하신 자비의 하나님
모든 영광 돌립니다.

말씀 따라 살게 하옵소서

주라! 베풀라! 그리하면
갚아주시겠다고 말씀하셨건만
줄 수 있는 능력이 있음에도 이것저것
따져 보는 메마른 심령을 녹여 주옵소서!

비판 받지 않으려면
비판하지 말라고 말씀하셨건만
비판을 꺾고 이해하고 도와주지 못한
마비된 심장에 온유를 주옵소서!

일흔 번씩 일곱 번씩 사백구십 번
아니 끝까지 용서하라 말씀하셨건만
아직도 용서치 못하는 미련함을 버리고
용서 받은 자답게 용서하며 살게 하옵소서!

십자가에 못 박는 사람들을 향하여
기도하시며 원수까지도 사랑하라고 말씀하셨건만
믿음의 형제자매도 사랑치 못하는
죄인에게 사랑의 마음을 부어 주옵소서!

의심하고 부인하던 도마와 베드로도 끌어안으신 주님!
주님이 저들을 위해 십자가를 지셨던 사랑을
깨달아 도와줄 수 있는
주님의 마음을 품게 하옵소서!

부활의 새 아침

영원히 찬양할 새 아침이 열리고
미움과 고통과 죄악을 잠 재웠네
어둠과 슬픔과 죽음이 사라졌다.
온 교회 온 성도 함께 모여 찬양하세.

산 자를 죽은 자 가운데서 찾는 이여
천사의 음성을 귀 기울여 들으라
사셨다 사셨다 그는 살아나셨다
갈릴리 바닷가 그곳에서 기다리라

성경대로 죽으시고 성경대로 사셨네
내 손을 만지라 못 자국을 확인하라
옆구리 창 자국 확실하게 보이네
찬-양 찬-양 부활의 새 아침

부활의 예수님 말-씀 하시기를
나를 사랑한다면 내 양을 먹이라

부활

함께 발목을 묶고 달리듯이
주를 위해 죽겠다던 베드로
혼자만 발목을 빼버렸네
어두움이 더 검은색으로 채색되던 밤에
주님의 음성이 들리었네!
눈물을 닦아 주시듯 말씀하시네!
내 어린양을 먹이라!

엉킨 실타래 처럼 꼬이고 꼬여서
못쓰게 된 내 인생 내 삶에
찾아오신 분! 손발에 못자욱이 있고
허리엔 창자욱이 선명하네!
따뜻한 음성이 사랑의 음성이
내 귓전에 분명하네!
세상 끝날까지 항상 너와 함께 있으리라!

믿는 자!
다시 사신 사실을 믿는 자!
겸손히 자신을 회개하는 자!
진실히 주님을 사모하는 자!
언제나 무릎을 꿇고 기도하는 자에게
오늘도 부활의 주님은 찾아오시네!

성찬

마가의 다락방에 피어나던 공기는
예사롭지 않았습니다.
모두들 숨을 죽이고 당신의 말씀에
마음을 모으고 있었습니다.
하나님과 우리들 사이에 높이 막힌
벽을 완전히 헐어 내는 것이었습니다.
사람과 사람 사이에 깊이 드리워진
그물을 깨끗이 걷어 내는 것이었습니다.

당신 속에 들려져 있는 떡은 예전의
떡이 아니었습니다.
높이 올려 진 잔속에 포도주는
생명력이 넘실거렸습니다.
죄인들을 위하여 아낌없이 모두 버리는
당신의 고결한 몸이었습니다.
괴수 같은 죄인 위해 조건 없이 전부 흘리는
당신의 성결한 피였습니다.

아무도 그 누구도 말하는 사람이
하나도 없었습니다.
가룟유다마저도 발소리를 죽이며
빠져나가는 거룩한 밤이었습니다.
오! 주님! 오늘 지금 그 날의 감격으로 오시옵소서!
오! 주님! 이곳에 그 순간의 은혜로 임하소서!
보배로운 십자가! 묵묵히 지신 예수님! 당신만을
깊이 생각하며 이 떡과 잔을 기쁨으로 받나이다.

훈련시키시는 하나님

육을 입은 사람은 모든 사람 누구나
전혀 예외 없이 땅에 발을 딛고
숨을 쉬며 살다보면 하늘이 노랗게 색칠되고
땅이 쪼개져 떠나며 마음이 속절없이 무너지고
가슴이 겉잡을 수없이 찢어지며
고개를 들 수 없는 일들을 만났습니까?

본인의 잘못 때문에 온 것이든 자녀들로 말미암은 것이든
이웃과의 인간관계에서 왔든지
아니면 사탄의 유혹일지라도 상관이 없습니다.
다만 하나님의 자녀입니까?
훈련시키시는 것입니다.
은혜 받고 능력 받아 승리하라고
첫사랑을 회복시켜 뜨겁게 살으라고
겸손히 엎드려 기도하라고
회개케 하여 더 나은 기쁨 주시려고
더 좋은 것, 하늘의 것 주서서 충성하라고
하나님께서 훈련시키시는 것입니다.
감사하십시오. 감사합시다. 전능하신 하나님께
오직 그 분께

십자가

아우성치며 바람이 달아나고 먹물을 뒤집어쓴 하늘은
온 세상에 어두움을 쏟아 놓는다.
여인들의 울음소리도 삭아지고
군중들의 함성도 꼬리를 감춘다.
골고다 해골 언덕에 죽음보다 무서운 적막이 흐른다.

그 소리가 들리는가? 눈물어린 용서의 음성
"저희를 사하여 주옵소서"
효성어린 아들의 소리
"아들이니이다"
피맺힌 절규의 부르짖음
"엘리 엘리 라마 사박다니"
"내가 목마르다"
용광로 같은 사랑의 부르심
"나와 함께 낙원에 있으리라"
구원의 완성을 보라!
"다 이루었다"
"내 영혼을 아버지 손에 부탁하나이다"

겸허히 무릎을 꿇고서 우리 죄를 친히 짊어지시고
십자가에 매달려 고개를 떨구신 예수를 바라본다.
조심스럽게 그러나 확신에 찬 목소리로 말한다.
"진실로 하나님의 아들이로소이다!"

성도

땅위에 있는 이름 중
가장 아름다운 이름이 있습니다.
거룩한 무리! 거룩한 백성!
구별된 사람! 그 이름 성도!

예수님께서 그렇게 만드셨으며
다윗도 "땅에 있는 성도는
존귀한 자니 나의 모든 즐거움이
저희에게 있도다" 하고 노래했습니다.
바울도 성도가 세상을 판단한다고 말했지요!
하나님은 성도의 죽는 것을
귀하게 보신다고 했습니다.
성도는 고귀한 주의 자녀입니다.

우리 모두 성도다웁게 사는 것이
당연한 것 아닙니까?
그날에 빛나고 깨끗한 세마포를 입을 만한 행실로…
인내를 이루어 예수 믿음을 지키며
햇빛처럼 살아갑시다!
기도로 추슬러 소금 치듯 세상을 고르게 합시다!
그 이름 성도여!

감사절의 소원

볼이 부어 사는 사람
욕심으로 가득 채워진 양심
미움으로 가득한 마음
괜스리 쌀쌀맞은 사람
도무지 접근키 어려운 이
원망 불안 불평을 달고 사는 이

모두모두 새롭게 되어 풍성한 감사의 계절에
감사할 수 있는 아니 감사하는 감사의 사람 되었으면-

항상 웃음으로 가득한 사람
넉넉한 베풂으로 그득한 양심
사랑으로 넘쳐흐르는 마음
정감이 질척한 사람
항상 가까이 하고 싶은 이
감사! 감사! 감사를 달고 사는 이

감사하는 세상 감사하는 사회
감사하는 사람들 속에 피어나는 아름다운 모습이어라!

감사의 기도

호흡이 멈추지 않고 오늘도 찬란한 태양을
맞게 하신 하나님 감사합니다!
피곤한 몸이지만 일할 곳이 있어 발길을 떼니
직장과 사업 터를 주신 주님 감사합니다!
영혼의 숨소리를 들으며 찬양을 드릴 수 있는
믿음을 주신 성령님 감사합니다!

함께 모여서 하나님께 경건한 예배를 드릴 수 있는
교회와 성도를 주신 주님 감사합니다!
식탁에 둘러앉아 저녁을 나누며 이야기꽃을
피울 수 있는 가족을 주신 하나님 감사합니다!
평안히 잠자리에 들면서 기도합니다.
주님! 오늘 하루도 살게 하신 것 감사합니다!
구원을 주신 하나님 감사합니다.
이 밤도 천국 꿈을 꾸게 하옵소서! 아멘!

범사에 감사

따뜻한 태양이 예전엔 몰랐는데
요즈음 같이 추운 날엔 얼마나 감사한지요
건강한 것이 얼마나 큰 복인 줄 못 느꼈는데
병원 심방할 때마다 진정 감사드립니다.
세상명예, 세상재물 부러울 때도 있었지만
나이 들어 인생 경험해 보니
지금의 모든 것이 감사했습니다.
가족이 어떨 땐 벅차기도 했지만
지금처럼 외롭고 고독할 땐 얼마나 고마운지요.
범사에 감사라고 주님 말씀하셨습니다.

저녁에 평안히 잠자리에 들고
다음 날 아침에 일어날 수 있으니
인생의 창조자 하나님께 감사드립니다.
밤하늘의 영롱한 별들을 셀 수 있고
양지쪽에 철 잊고 피어난 민들레를 보며
이름 모를 새들의 아름다운 노래를 들으며
사랑한다고 말할 수 있으니 감사합니다.
기쁨과 슬픔과 사랑과 감사를 느낄 수 있는
가슴을 주신 하나님께 감사드립니다.
섬길 수 있는 성도와 교회를 주시니 더욱 감사합니다.

가정

하나님 말씀이 생명이 되고
찬송의 노래가 양약이 되어
사랑의 샘물이 솟아나
화목이 꽃피는 우리 가정

신앙이 하나 되어 한 마음
기도로 매여져서 한 가족
가정예배로 한 제물 되어
하나님만 경외하는 우리 가정

기뻐하네 하나님 함께 하시니
감사하네 하나님 구원하시니
봉사하며 충성하세!
하나님만 기쁘시게 하는 우리 가정!
피어나라! 계속되어라!
하나님만 기쁘시게 하는 우리 가정!

마음

조약돌 보이는 시냇물보다 맑고
하늘보다 더 새파랗고 꽃보다 더 아름답고
새하얗게 깨끗했다.
하나님이 지으실 때에

먹물 같이 검고 번개 같이 조급하고
천둥 같이 성내고 시든 꽃 같이 악취 나고
추하였다.
범죄한 후에

비 개인 후 하늘처럼
이슬 머금은 꽃잎처럼
아가의 눈망울처럼
밤사이 내린 하얀 눈처럼
마음이 변했으니 예수님 만난 까닭이라.

4월의 아픔

여러 갈래로 나뉘어지다 가루가 되도록
사정없이 찢고 찢어도 찢을 수 없는 것을
검뎅이 되어 유성처럼 나르다 없어지도록
아무리 태우고 태워도 태워지지 않는 것을
하얗게 새하얗게 되어 보이지 않도록
열심히 지우고 지워도 지울 수 없는 것을
긍정적 생각으로 새롭게 달라지려고
그렇게도 버리고 버려도 버려지지 않는 것을

부질없이 앉아서 4월의 아픔을 생각한다.
그럼 절대로 아니 결단코 그렇게는 될 수 없는 일
그래서 더욱 우리 안에 남아야 하는 흔적이다.
누가 말했듯이 4월은 잔인한 달이라서
봄꽃은 피는가 싶더니 지는 것인가?
4월의 봄날은 계절의 여왕 5월 앞에
속절없이 무릎을 꿇고는 빠른 세월 속에 숨는 것인가?

가정을 위한 기도

에덴동산에 넘치던 가정을 향한
하나님의 사랑!
가나 혼인 잔치에 풍성하던 가정을 향한
주님의 사랑!

그러나 번거롭고 불편해서 사랑과 정을 버리고
핵가족을 지향하는 세상
개인의 이익과 자유 만끽을 위한
독신자가 떳떳한 세상
성격 차이조차 극복 못하고
하나님이 짝지어 주신 가정을
헌신 버리듯 버리는 세상

오! 하나님!
가정을 위기에서 구하소서
서로 사랑하고 순복하게 하옵소서!
오! 하나님!

가정이 작은 교회이며
지상천국임을 알게 하옵소서!
오! 하나님!
부모는 자녀를 말씀으로 양육하고
자녀는 부모를 주 안에서 공경하고
부부는 서로 사랑하게 하옵소서

주님이 부르시면

주님 부르시면
봄날 같은 환한 미소로 대답하며
모든 세상 일 접어 놓고 아지랑이 되어
눈부시게 노래하며 찾아가겠습니다.

주님 부르시면
여름날의 태양 같은 정열로
걱정 근심 날려보내고 오색 무지개 되어
가슴 벅찬 숨결로 좇아가겠습니다.

주님 부르시면
가을의 풍요로운 넓은 가슴으로
물질의 매여 살던 삶 내던지고 갈바람 되어
단숨에 만나러 가겠습니다.

주님 부르시면
온 세상 덮는 하얀 눈송이 되어
더럽고 추한 욕심의 생 내려놓고
순결한 가슴으로 주님 품으로 달려가겠습니다.

부르실 그날! 언제런가?
모르지만 준비하며 살다가
"즐거웠습니다" 감사하며 가겠습니다.

부활의 꽃

봄이 오면 진달래 앞산을 불 지르고
담장엔 개나리 흐드러지게 피어나던
경남 의령군 지정면 성당리 마을에서
예배당 종소리 들으시며 어린 시절 보내셨죠?

쪽빛 남쪽바다 잔잔한 물결
이름 모를 물새들 날아오르는
가고파라 가고 싶은 마산에서
청순한 여고시절 꿈을 키우셨고요!

하나님이 짝지어 주신 청년 최득안을 만나
꽃보다 아름다운 신부되어 은범, 은호 낳아
믿음으로 키우시고 며느리 희영자매, 손녀 고은이 까
지
주님의 가정 이루시니 귀하십니다.

녹녹치 않은 도시생활 힘들어도
강림교회에서 주님과 함께 하심으로
기도의 꽃이 되고 봉사의 열매되어
권사님으로 임직되니 하나님의 은혜입니다.

박은영 권사님! 당신은 부활의 꽃입니다.
하얗게 하얗게 피어나는 백합꽃입니다.
박은영 권사님! 사랑하고 존경합니다.
부활의 꽃이시여! 제 마음에 영원히 피소서!

시인(詩人) 예수님

예수님은 시인 중에 시인입니다.
인생을 생각하심이 놀랍습니다.
사물을 보는 눈이 남다릅니다.
진리와 사랑의 마음이 크고 깊습니다.

하늘을 나는 새를 보세요.
심지도, 거두지도, 창고에 쌓지 않아도
먹고 사는 데 부족치 않음은
하나님께서 기르시기 때문입니다.

들에 핀 백합화를 보세요.
옷감을 만드는 수고를 아니 하여도
솔로몬 왕이 입은 비단 옷도 이만 못합니다.
들풀도 입히시는 데 그의 자녀는 틀림없습니다.

무엇을 먹을까? 마실까? 입을까?
이방사람처럼 염려하지 마세요.
하나님 아버지는 우리의 필요를 아십니다.
여러분 먼저 그의 나라와 의를 구하세요.
그리하면 하나님은 필요한 것을 다 주십니다.

3

미국에 살면서 부른 노래

살아가는 기쁨

첫눈이 예약도 없이 소리도 없이
우리들의 만남을 축복하듯
하늘을 유영하며 창가에 떨어졌습니다.
세월이 덧없이 흘러 상처만 남은
마음의 구석자리에도 첫눈에 대한
감격과 흥분을 작게나마 살아있었습니다.

첫눈만으로는 연출될 수 없는 기쁨!
그것은 마주한 연인! 그대가 있기에 가능한
살아가는 기쁨입니다.
첫눈은 지워지지 않을 아름다운 사랑을
실어다 주고는 할 일을 다 했다는 듯이
그렇게 창틈에 앉아 녹았습니다.

우리의 마음과 생각들을 담아
깊고 진솔한
이야기의 꽃을 피웁시다.
살아가는 기쁨을 나누어 가집시다.
함께 실컷 웃고
미치도록 사랑을 이야기 합시다.

쌀쌀한 날씨를
살아가는 기쁨으로 녹이고
황량한 가슴! 여리디 여린 심성!
뜨겁게, 기쁘게, 새롭게 바꿉시다.
사랑으로, 사랑으로, 사랑으로

어제 밤 꿈에

어제 밤 꿈에
비행기도 안 타고 한국에 갔다
옛날에 그리 멀지 않은 옛날에
섬기던 교회 사람들을 만났다.
나를 아끼고 존경하던 사람도 만났고
나를 괴롭히고 힘들게 하던 사람도 만났다.

꿈속에서는 세월이 가고 미국에 살아도
한국에 잘도 간다.
싫든 좋든 사람들을 만난다.
꿈에서 깨어 시계를 보니 새벽 4시였다.
내 누운 곳은 한국이 아니라 미국이다.

다시 잠을 자면 또 사람들을 만나겠지
또 한국에 가겠지
어머니, 아버지를 만나면 좋겠다.
사랑하는 사람들 만나고 싶다.

감

늦가을 이맘 때 쯤이면
마을마다 동네마다 주렁주렁 매달려 춤추던
내 조국 산하 감나무 집 내음이
그리웁구나.

빨갛지도 않고 노랗지도 않은
네 빛깔이 좋아라 한 가지 뚝 꺾어
방안에 걸어두고 가는 가을 아쉬워
잡아매었지

한 입 베어 물면 감칠맛 나는 너의 속살
겨울의 모진 바람에 내몰아도
하얀 분 바르며 쫄깃한 곶감 되어
피어나는구나.

미국 땅에서 만난 너의 모습 반가워
"한국에서 왔니?" 물어 본다.
너 보고 고국이 보고 싶고
너 보고 어머님 모습 생각난다.

향수(鄕愁)

스치는 바람에도 그리웁고
후드득 빗방울에도 보고싶고
지는 꽃잎 따라 슬퍼지고
밤하늘 달님보며 눈물짓네

내 형제! 내 부모! 내 고향! 내 조국!
생각나서...
작은 새를 만나도 참새를 만난 양
반가웁다.
개나리 필적에 아니 미국에도 이 꽃이-
고마웁다.
까만 눈, 까만 머리카락 한국사람, 내 동포!
정다웁다.

부모님

언제 불러도 다정하고
아무리 불러도 부르고 싶은
어머님-! 아버님-!
부르다가 쏟아지는 눈물을
닦을 마음이 없습니다.
멀고먼 미국 땅 내 어이하다 여기 살아
뵙고 싶은 마음 울컥 치밀어도
훌쩍 떠날 수 없는 불효자가 됐습니까?
이 밤도 목을 빼고 북두칠성을 바라보며
못난 자식 위해 밤마다 기도하시는
부모님 모습 그리어 봅니다.

자식 걱정으로 골진 주름살마다
자녀 사랑이 넘쳐납니다.
어쩌다 전화라도 드리면
"건강은 어떠냐? 먹고 사는 일은?"
그리고 손주까지 챙기시니

불효자는 마음이 미어집니다.
동네 사람 만나는 사람마다에게
자식 자랑! 아무도 알 길 없으니
미국에서 잘 살고 훌륭하게 성공했다고
자랑하시는 부모님! 어머님-! 아버님-!
부디 오래 오래 사세요. 찾아뵙는 그날까지...

조국

아! 조국!
네가 있다는 것을 미처 몰랐구나
아니 느낄 수 없었구나
미국 좋아 내 미국 살아도
어김없는 조선사람! 한국인!
숨소리가 커지고 뼈마디가 굵어진
내 나라! 내 어머니의 나라!
어찌 잊을 손가?

아! 내 조국! 대한민국!
눈만 감으면 지척이구나
눈 덮인 한라산 자락이 예 보이고
백두산 천지의 푸른 물이 저기 있구나
설악산 붉은 계곡이 제 보이며
구름 낀 지리산 천왕봉이 달려오누나
남산에서 보듯이
충무로, 퇴계로, 을지로, 청계천, 종로가 여기 있고
숭례문, 서소문, 서대문, 광화문, 동대문, 자하문
그리고 서울역이 발아래 있도다.

한인 2세여! 그리고 1.5세여!
그대 비록 여기 나고, 여기 자라 여기 살아도
한국인임을 부인치 말라
아름다운 조국 산하 두 동강이 났어도
그래서 더욱 그대가 필요하도다
그대 있음에 조국이 통일될 날 있으리!
마국화 되어 주류 사회 들어가서
부디 잊지 말라! 통일조국 사명 있음을
그대 조국! 대한민국 있음을

아! 내 조국! 대한민국!
삼천리 반도 금수강산! 반만년 유구한 역사!
몸은 떠나 있어도 마음은 항상 조국에 있어라!
어제 밤에도
예외 없이 너의 꿈을 꾸었으니
내 어이 너를 잊으리
아름답게 피어나거라! 무궁화 동산!
내 사랑! 내 자랑! 내 조국!

아! 대한민국이여...

대한민국 지도 앞에서

워싱턴 D.C. 대사관에 갔다가
대한민국 지도를 만나니
작은 흥분이 가슴을 가득 채우며
모국의 품에 안긴 듯 즐겁구나

여기가 변산반도 옆자락
노령산맥이 잠든 끄트머리
내 어릴 때 자라나던
서해 바다 옆에 낀 전북 고창군
이곳이 중학교 때 꿈을 키우던
대한민국 한복판 한밭이라 불리우던
교통의 중심지 대전이구나.
목적다리 밑에 아직 피라미가 있을까?
옛날엔 솜리라 하더니
고등학교 시절엔 이리였는데
지금은 익산시가 되었으니
참으로 세월이 무상하구나.

우리 형님 사시는 전남 광주
오월의 함성이 들려오는구나.
무등산 정기 아래 빛고을이
숨 쉬며 살아 오는도다.
남해의 맑은 물을 헤치며
바다를 지키며 젊음을 불태우던
경남 진해시가 여기 있구나.
해군 제복이 눈에 어린다.
주말이면 진해 바닥이 좁아서
원정 가던 부산항의 뱃고동이 운다.
자갈치 시장에 삶이 꿈틀거린다.
아내의 출생지라는 것은 후에 알았지-

영일만을 가로지르며 포항을 지켰지
등대빛이 아름다웠던 구룡포가 보인다.
대구! 지금은 사과보다 사람이 더 많다.
사랑하는 아내를 처음 만난 곳이다.

신학교에서 하나님 말씀을 배우며
결혼도 하고 자녀도 낳은 곳
복음을 위해 개척교회로 생명 바치던 곳
그 이름 서울! 서울이 코앞이다.
산이 높아서 골도 깊은 두메산골
공기보다 더 신선한 인심을 맛보며
미국 선교사와 함께 하였던
강원도 홍천군 두촌면 자은리
3.8선이 아니 휴전선이 지척이라
북으로 넘어서서 계속 치달으니
작은 어머니 고향 함경도 함흥이요
왼쪽으로 비켜 올라서니 어머님 고향
평북 자성이 눈앞에 보이는구나.

내친걸음 아래로 내려서니
아버님 고향 평남 영원군이라
잠시 서해로 눈을 돌려보니

장인어른의 고향인 진남포라
남으로 걸음을 재촉하니
장모님 고향 황해도 신막이네
조금 아래는 1.4후퇴 전까지 우리가
터를 잡고 살았던 황해도 장연 땅이다.

아! 내 사랑하는 조국! 대한민국!
죽기 전에 가서 보고 싶은 사람 많은
내 나라 북녘 땅! 통일은 언제 오려나
오! 하나님!
통일을 주옵소서! 어서 속히 통일을...

워싱턴의 하루

안개가 마르고 아침이슬이 날아 오르면
젊고 싱싱한 청년처럼
푸르름이 워싱턴의 새벽을 노래한다.
녹음의 도시 워싱턴!
아니 전원의 마을 워싱턴!
워싱턴이 깨어난다.

포토맥 강의 물안개가 잦아들고
벨트웨이와 조지아 에비뉴에
자동차가 꼬리를 물면
한인들이 움직인다. 세계가 살아난다.
링컨 기념관에서 솟아난 자유의 향기가
백악관과 국회의사당에 머물면
머니먼트 꼭대기에 자주의 함성이 솟구친다.
세계의 자유를 지켜야 하리라

케네디 센터에 붉은 노을이 물들면
오케스트라의 하모니가 아름다운 선율로
황혼의 하늘을 춤추게 한다.
세계가 어우러져 춤춘다.
인류의 행복을 기도하며 춤춘다!

덜레스 공항에서

태극마크 선명한
대한항공이 미끄러져 들어온다.
저렇게 큰 비행기가 떨어지다니
괌 사건이 무섭다.
그래도 사람들은
비행기를 잘도 타고 한국으로 간다.

금년만 벌써 8번이나 공항에 와서
보내고 맞이 했지만 한 번도 타지는 못했다.
비행기를 타면 분명 한국으로 가겠지
특별한 일도 없는데 가고 싶다.
태어난 곳은 지울 수 없는가?
자라난 곳은 더욱 그리운 것인가?
피는 못 속이는 것인가?
부모형제 그리워 비행기를 타고 싶다.
다시 돌아올지라도 한국에 가고 싶다!

가을비

가을비가 진종일 하고도 이틀을 더 온다.
소리도 없이 대지위에 앉는다.
단풍의 고운 자태를 시샘하듯
어두움으로 쏟아진다.
가을비의 무심함에 가을이 우수수 떨어진다.
그래도 아랑곳없이 그칠 줄 모른다.
창문을 수놓은 수채화 한 폭이
가을비에 예쁘게 흘러내린다.

따끈한 커피 잔을 들고 깊어가는 가을 속을 휘젓는
창 밖의 비를 바라본다.
가슴깊이 엄습하는 외로움이
와락 밀려 든다.
이곳이 미국땅임이
뼈 속까지 스민다.
멀리는 설악산 한계령에서
가까이는 광릉수목원에서
가을 냄새를 맡았지-

워싱턴의 가을이 빼어나게 좋아도
비가 내리는 저녁나절은 영 그렇지가 못하다.
사람들이 그리운 것이다.
가을을 타는 것일까?

행복

나는 행복합니다.

든든한 기도의 후원자 부모형제 있으니
한없이 행복합니다.
마음씨 착한 사랑하는 아내가 있으니
더없이 행복합니다.
눈 맞추며 안아줄 딸, 아들이 있으니
마냥 행복합니다.

섬길 수 있는 교회와 성도가 있으니
너무 너무 행복합니다.
예수님께 미치고 말씀에 빠졌으니
정말 정말 행복합니다.
꿈속에도 찾아가고 갈 수 있는 조국이 있으니
참 행복합니다.

행복은 마음속에 있는 것 행복은 만족하는 것
행복은 소유의 많고 적음이 아니랍니다.

한국을 위한 기도

빼어난 주님의 솜씨 삼천리 반도강산
그림 같은 해안선 솟아오른 봉우리
곳곳에 서린 창조의 숨결

오! 주님! 기도합니다!
하나님의 뜻이 있어 부르신 극동의 촛불
크게 들어 사용하옵소서!

전통문화란 이름으로 우상을 숭배하고
민속보존이란 허울로 귀신을 섬기며
과학화, 세계화를 무색케하는
어두움의 구름을 걷으시고
선교사들이 뿌린 복음의 씨를
하늘 곡간에 가두소서!

오! 주님! 신앙의 선배들이 흘린
순교의 피를 헛되지 않게 하시고
세계 선교하는 국가로 사용하옵소서!

미국을 위한 기도

목숨까지 버리며 신앙의 자유를 위해
찾아온 미지의 땅 가꾸어온 수백 년
청교도 신앙은 어디 가고
종교의 자유라는 미명 아래
온갖 범신론을 수용하고
동성애가 또 다른 인생이라네
오! 주님!
이 땅을 새롭게 하옵소서
악마의 세력을 물리치고
첫사랑의 신앙을 회복시키소서!
주일이면 가게 문을 닫고 교회로 모이고
학교에서는 기도를 드리던 그 날을 주옵소서.
오! 주님!
이 넓은 땅에 할 일 많아 한인들을
이민 보내신 줄 믿습니다.

한국인 가는 곳에 교회가 세워지듯
우리 2세들 머무는 곳에
미국인 전도가 이뤄지게 하소서!

이민 생활

눈물을 삼키고 슬픔을 접어 넣으며
태어나 뼈가 굵어진 조국 산하를 뒤로 하고
새 세계 새 삶의 꿈을 가슴에 새기며
환희 반 두려움 반으로 미국 땅에서 시작한
어설픈 이민 생활!

전화 받기가 무서웁고 미국 사람이 부담스러웠다.
동서남북도 분별치 못해 헤매이던 벨트웨이와
주변도로들
아침부터 저녁까지 발로 뛰며 서툰 영어로
뛰어든 생업 전선이
아메리칸 드림인가?

허지만 자녀들은 해 내리라.
저들은 꼭 해 내리라.
두 손 모으며 기도한다.
이젠 정들어 버린 아름다운 워싱턴 에어리어
일어서리라! 아니 달려가리라!
태양은 다시 떠오르리라!

미국 생활 3년

헤어짐의 슬픔보다는
어미 품을 떠나는 젖먹이처럼
불안이 더 넘실됐으나 애써 태연을 보이며
김포 공항을 썰물처럼 빠져나와
워싱턴 내셔날 공항 모래톱에
소라 껍데기처럼 얹혀서 살았다.

대한민국을 생각하면 가슴 설레이는 이방인
남대문 시장 바닥이 그리운 못내 이방인
조국 소식이 더 듣고 싶은 어설픈 이방인
이웃들이 보고 싶은 아직은 이방인
부모형제 만나고 싶어 눈물짓는 이방인

그래도 여기 살으라시네
워싱턴에 살으라시네
아니 미국 땅에 살으라시네
본향을 향하여 살으라시네
하나님의 뜻 여기 있으니
새로운 사명 위해 살으라시네

워싱턴 청소부

새벽바람이 꼭두새벽부터 마중을 나와
콧속을 쩌억 얼리며 벌겋게 만든다.
한적한 고속도로를 가르며 내닫지만
불빛만 어른거릴 뿐 만나는 것이 없다.

희뿌연 안개가 걷히고 동녘이 터 오면
마음이 더 바빠서
아파트 계단을 수없이 오르내리고
정신은 온데 간데 없다.
아메리칸 드림의 현장이
모질고 아파서 가슴이 요동치지만
입가엔 찬송이 흐른다.

빗자루와 걸레가 언제나
내 손에 있어야 하는데도
안 될 것처럼 살았다.
마음도 쓸어내고 닦아야 하건만...

조국의 봄

진달래가 앞뒷산을 불지르면
제비꽃, 복사꽃이 앞 다투어 피어나며
세상 구경 나온 송아지가 뛰놀고
언덕에 피어나는 아지랑이는
봄을 춤추는 내 조국의 봄!

밭가는 누렁이는 송아지를 찾고
하늘 높이 솟아오른 종달이는
사랑을 노래하며
아이들 시냇물에 뛰어들어
가제를 잡고 나물 캐는 아가씨는
들녘을 수놓는 내 조국의 봄!

꿈속에 그려보는 내 사랑하는 조국의 봄!
그리워라! 가고파라!
지금쯤 버들피리 울리겠지

워싱턴 나그네

차창에 기대어 무심히 흐르는
포토맥 강물을 바라본다.
환영처럼 스치는 옛날이
날아오르는 물새 떼에
부딪쳐서 종이 조각이 된다.

젊은이들이 피를 토하며
누워있는 알링턴 국립묘지
수많은 비석들 사이에서
한국전쟁에서 죽은 자를 본다.
인간의 비애가 파고든다.
머니먼트 탑 주위에
원을 그리며 수없이 늘어선
형형색색의 관광객들을 본다.
저들 속에 끼여 있던 때를
생각하며 소스라쳐 놀랜다.

어쩔 수 없는 워싱턴 나그네!
천년만년 살순 없다.
영원히 그분과 함께 살아갈
그 나라에 가기 전까지는
어쩔 수 없는 워싱턴 나그네!

미국 땅 나그네

바람만 예사롭지 않아도 눈물이 고이고
조국의 높은 하늘, 고추잠자리
멱 감고 송사리 잡던 시냇물
눈망울에 어린다.
어쩔 수 없는 미국 땅 나그네!

어쩌다 구름처럼 홀로 흘러와 머무는
미국 땅 워싱턴이지만 마음은 언제나
고국의 부모님과 형제들 향하여 달려가는
어쩔 수 없는 미국 땅 나그네!

사람이 너무 많아 부딪쳐도 사람 좋은 곳
비좁은 땅덩이이지만 인심 좋고 땅 냄새 좋은 곳
한국 소식 그리워 한국 신문, 한국 방송에
눈 기울이고 귀 세우는 어쩔 수 없는
미국 땅 나그네!

워싱턴의 성탄절

머뉴먼트 광장에 땅거미가 지면
백악관 앞 거대한 크리스마스 트리는
제 때를 만난 양 온 몸을 밝히며
세계의 수도를 지키느라 밤을 지새웁니다.
포토맥 강에 도도히 흐르는
물줄기에 살얼음이 세를 들면
강물에 비추이는 자동차 불빛은
새로운 세계의 아름다움을 창조합니다.

벨트웨이를 쏜 살처럼 달아나는
차량들에 얹혀진 트리용 나무들과
예쁘게 장식된 붉은 리본들은
마음을 설레게 하는데 부족치 않습니다.
마을마다 거리마다 집집마다
너도나도 누구 할 것 없이 모두 모두
오색 전구를 밝히며 어두운 세상을
비추느라 전기요금 아까운 줄 모릅니다.

왕으로 오신 우리들의 아기 예수님!
사랑과 은혜로 날마다 지켜주소서!

그리움

세월이 가고 날이 가고 시간이 흐를수록
사무치게 그리운 것들이 채곡채곡
마음 깊은 곳에 쌓여만 갑니다.
하루도 거르지 않고 오는 그리움!
막힌 가슴, 답답한 심정, 달랠 길 없어
오늘도 눈물지으며 서쪽 하늘 바라봅니다.

예수님! 그 모습, 그립고 그리워
두 무릎 꿇고 골고다 해골 언덕 길과
눈물로 지새우던 감람산 골짜기
주님의 손길 그리워 찾아갑니다.
첫사랑으로 찾아오셨던 주님!
지금 다시 오셔서 뻥 뚫린 가슴 채우소서!

수화기를 놓지 못하시고 목이 메어
말을 잊지 못하시는 부모님!
달려가 뵙고 싶은 마음 간절하나
태평양이 멀고 넓기만 합니다.
명절이면 밤새는 것도 잊은 채
이야기꽃을 피우던 형제들이 보고 싶습니다.

겨울이면 무릎까지 쌓인 눈을 헤치며
토끼몰이에 나섰던 그리운 고향!
봄이 오면 온 산을 붉게 물들이며
진달래 꽃 피어나던 그리운 조국!
여름, 가을 할 것 없이 빼어나게
아름다운 금수강산 대한민국이 그립습니다.

아! 지금은 어디로 갔는가?
보고 싶은 어릴 적 옛 친구들!
어디서 무엇을 하며 그 누구와 짝짓고
아들 딸 낳으며 살고 있는지-
진리를 위해 젊음을 불사르던 신학교 친구들
그리운 사람들! 보고 싶은 사람들! 다, 어디에...

한가위

부뚜막엔 솔잎 내음 그윽한 송편이 익어 가고
서울 간 아들 딸 기다리는
엄마의 마음도 함께 익어 가고

지붕 위엔 보름달만한 하얀 박이 주인을 기다리고
마당에 깔린 멍석에는
붉은 고추가 더욱 빨개지는 한가위!

담장 밑엔 웅크린 늙은 호박은
벌어진 밤송이에 맞을세라
잎 뒤에 숨어 얼굴을 가리우고
한가위 보름달이 휘영청 떠오르면
온 가족이 둘러앉아 사랑을 나눈다.
더도 말고 덜도 말고 한가위만 하여라!

워싱턴에서 맞는 추석이 벌써 5번째
내년엔 고향에서 한가위를 맞고 싶은데...

4월을 보내며

간간이 몹쓸 기침이 저녁나절 내내 괴롭히며
따스함을 시샘한다.
변덕스러운 쓸 짝 없는 날씨가 시저을 대변하듯
4월 속에서 흐느적거린다.
조국의 4월은 부정 부패의 바람이 끊이지 않네
정말 바람 잘 날 없다.

하나님 아버지! 기도합니다!
먼저 기도하지 않은 죄를 엎드려 회개하오니

어두운 것일랑 더러운 일일랑
모두 모두 4월과 함께 보내주소서!

이별(한국을 떠나며)

도무지 생각하고 싶지 않은 말, 쓰리고 아픈 말, 이별!
아무리 미워도 떠나는 일을 즐기는 사람은 없으리라
사랑하는 사람을 떠나고 싶은 사람은 더 더욱 없다
어이해 헤어짐은 그리도 가슴이 에이도록 찾아오는가?

인생은 아니 모든 사물들은 만나고 이별하고 또 만나고
헤어지는 사슬 속에서 한 편의 역사를 만들어 내는 것
강물처럼 흐르는 시간의 지나감은 오늘의 헤어짐을
장차 아름다운 만남으로 바꿀 날도 있으련만
왜 이다지도 이별은 싫은 것일까?

밀려오는 햇살 가득한 창문에 어리는 얼굴, 얼굴들
그리운 사람들, 조금은 아쉽고 끝내 다 하지는 못했으나
사랑한다고 말하는 눈동자에는 눈물이 흐른다.
더 나은 기약을 하나님께 기도하며 소박하게
기대하는 이별인데 왜 이토록 마음이 저며 오는가?

사랑하기에, 사랑하기에 이별은 더욱 어렵다.
사랑해야만 한다. 아니 사랑하기 때문에 우리는
멀리서도 기도로 만나고 만날 수 있을 것이다.
주님께서 도우시리라. 우리 다시 만날 때까지

이별은 만남을 약속하는 것이다. 그날에 우리는
주님 앞에서 만나도 좋고 그 전에라도 만날 수 있다면
나쁘지 않으리라. 우리는 분명 다시 만날 것이다.
아무도 막을 수 없다. 사랑하는 강림 성도여 승리하소서!

미국을 떠나며

사람의 앞일을 모른다더니
아니 한치 앞도 알 수 없다더니
뼈를 묻을 곳으로 알았던
제 2의 고향 미국 땅을
10년 만에 돌아서서
다시 한국으로 갈 줄이야
인생은 모르는 것, 인생은 나그네!

콧대 높은 백인들아 잘 있거라
친구 같은 흑인들아 잘 살아라
동족 같은 맥시칸들아 성공하라
백악관, 링컨 기념관, 워싱턴아
안녕! 안녕! 안녕!
메릴랜드 정든 집아 바이! 바이!
사명 있어 가는 길! 주님 부르신 길!
911 테러도 막지 못하네!

판 권
소 유

시인(詩人) 예수님

저 자 김학성
발행인 채주희
발행처 엘맨

출판등록번호 제 10-1562호
서울특별시 마포구 신수동 448-6
TEL(02)323-4060, FAX(02)323-6416

2012년 06월 05일 제 1판 제 1쇄 인쇄
2012년 06월 17일 제 1판 제 1쇄 발행
ISBN 978-89-5515-454-2 03230

· 저자와 협의하여 인지를 생략함
· 이책의 내용은 무단복제를 금지합니다.
· 잘못된 책은 바꾸어 드림

값 10,000원